ERNST HINTERBERGER

DOPPELMORD

Ein Fall für Trautmann

echo

Handlung und handelnde Personen sind frei erfunden.
Jede Übereinstimmung mit der Wirklichkeit wäre rein zufällig.

Wiener Dialektausdrücke, Begriffe aus dem Polizeijargon, spezielle Redewendungen und Wörter ~~sind u. a. im Text kursiv gesetzt und~~ werden am Ende des Buchs erläutert.

IMPRESSUM:
ISBN: 3-901761-52-7
2006 echomedia verlag ges.m.b.h.
A-1070 Wien, Schottenfeldgasse 24

Produktion: Ilse Helmreich
Covergestaltung und Layout: MagdaLena
Lektorat: Erich Demmer, Regina Moshammer
Repro: mPg medienProduktionsgesmbH
Druck: Friedrich VDV

Ernst Hinterberger · Doppelmord

1

Obwohl es erst Anfang September war, hatte sich die Temperatur in Wien auf schwache 15 Grad eingependelt, und zudem regnete es seit dem frühen Nachmittag heftig, sodass sich um 23.00 Uhr kaum jemand auf den Straßen aufhielt. Auch die Große Sperlgasse in der Nähe des Karmeliterplatzes lag verlassen da. Weil es wie so oft ein uninteressantes, von Wiederholungen strotzendes Fernsehprogramm gab, waren auch die meisten Fenster der Häuser bereits dunkel.

Ebenfalls dunkel war das Gebäude des Kriminalmuseums. Das einstöckige Haus war im Jahr 1624 von einem Herrn von Oelern erbaut worden. Bis 1670 hatte es der jüdischen Gemeinde gehört. Während der Zweiten Türkenbelagerung Wiens war es teilweise zerstört und dann 1685 wieder aufgebaut worden. Danach hatte das Haus verschiedene bürgerliche Betriebe, wie eine Ölerei, Seifensiederei, Tischlerei und auch eine Fleischerei, beherbergt. Es war auch einige Zeit leer gestanden. Nun war in ihm das von einem wohlhabenden Kriminalwissenschaftler, dem Hofrat Prof. Dr. Paulaner, ausgebaute Kriminalmuseum untergebracht, das als eines der führenden Kriminalmuseen der Welt galt.

Während ein Streifenwagen, dessen zwei Mann Besatzung entgegen der Dienstinstruktion rauchten, langsam durch die Gasse fuhr, bog von der Tandelmarktgasse her ein älterer, mittelgroßer und schwächlich wirkender Mann, der mit einer dunklen Baseballkappe, einem dunklen Parka und mit ebenfalls dunklen Jeans bekleidet war und einen großen, mehrere Liter fassenden Henkeleimer trug, in die Große Sperlgasse ein. Er blieb vor dem Kriminalmuseum stehen, machte sich am Schloss des Haustors zu schaffen, betrat das Haus und zog das Tor hinter sich zu.

Jetzt kam neben dem Regen noch heftiger Wind auf, der das Karmeliterviertel noch verlassener wirken ließ.

Zur selben Zeit hatten die Kioske, Gastlokale und Wursthütten des Karmelitermarkts schon geschlossen, nur das kleine „Marktcafé", das von zwei Frauen, Johanna „Hansi" Horak und Leopoldine Blauensteiner, betrieben wurde, hatte noch geöffnet. Die beiden waren um die vierzig und wohnten gemeinsam in der nahen Schiffamtsgasse, waren aber keine Lesben, sondern Singles.

Hansi Horak war Single aus Überzeugung, weil sie aufgrund ihrer Erfahrungen der Meinung war, dass alle Männer keinen Schuss Pulver wert waren. Sie waren entweder untreu oder rechthaberisch oder beides zugleich. Bei Leopoldine Blauensteiner würde es noch eine Weile dauern, bis sie der gleichen Meinung wie ihre Freundin sein würde, denn vorläufig versuchte sie noch, bisher zwar erfolglos, aber intensiv, den Mann fürs Lebens zu finden.

Außer den beiden Frauen waren nur der unterstandslose Dauerschnorrer Rudi Swatosch und die beiden Kriminalbeamten Trautmann und Lassinger aus dem nahen Kriminalkommissariat Zentrum Ost anwesend, die beide einen Doppelmokka mit Rum, im örtlichen Sprachgebrauch *Schwarzer mit Schuss*, tranken. Selbst die Stammgäste Ferdl, Schurli und der alte Berti, notorische Hockenbleiber, waren schon gegangen.

Trautmann war Abteilungsinspektor und Führer der Kriminalbeamtengruppe 4, hatte von seinen Eltern den unmöglichen Vornamen Polycarp erhalten und ließ sich deshalb nur mit seinem Familiennamen ansprechen. Seine Abneigung gegen den Vornamen ging so weit, dass er auf seine dienstliche Visitkarte nur ***P. Trautmann*** *Kriminalbeamter* samt Adresse und Telefonnummern des Kommissariats Zentrum Ost drucken ließ. P. musste als Vorname genügen, und die Geschichte hatte sich.

Trautmann war knapp über fünfzig, massig und kahlköpfig. Er befasste sich seit Jahren mit dem Zen-Buddhismus und schlug sich, meist erfolglos, mit dessen Koans, den nicht durch rationales Denken erfassbaren überlieferten Meistersprüchen – besonders mit dem *Wie vermag man das Klatschen einer erhobenen Hand zu hören* –, herum. Er war ein starker Raucher, der sich alle Augenblicke mit einem schwach nach Honig und Vanille riechenden Tabak eine neue Zigarette rollte.

Trautmann war, wie er sagte, vor hundert Jahren verheiratet gewesen, aber die Ehe war wegen seines anstrengenden Dienstes und der zahlreichen Überstunden nach zehn Jahren in die Brüche gegangen. Er hatte die damals achtjährige Tochter allein großgezogen. Sie hatte mühelos die Matura bestanden und dann zu studieren begonnen, war aber, ohne dass er es gemerkt hatte, süchtig geworden und mit neunzehn Jahren im WC einer Vorstadtdiskothek an einem *Goldenen Schuss* gestorben. Bei dem Stoff hatte es sich um so genanntes *Polnisches Kompott* gehandelt, das mal mit stärkeren, mal mit schwächeren Zutaten zusammengepanscht wird. Leider war es stärker als ihre übliche Ration gewesen.

Daraufhin war für ihn die Welt zusammengebrochen, obgleich er durch seine jahrzehntelange Polizeiarbeit wusste, dass diese mehr schlecht als gut war.

Er hatte eben leider den Fehler vieler in ihre Kinder blind verliebten Eltern gemacht, die zwar wissen, was Kinder und Jugendliche anstellen können, aber glauben, dass ihr Sprössling eben ganz anders sei.

Seit dem Tod seiner Tochter lebte Trautmann nur mehr für den Dienst. – Eine Ausnahme waren nur die Monate gewesen, in denen er mit einer Frau namens Gitti Schimek zusammen gewesen war, die in Kaisermühlen eine Trafik betrieben hatte.

Mit ihr hatte er eine späte neue Liebe erlebt. Aber auch diese war eines Tages zerbrochen, wie seine Ehe, weil ihm sein Dienst wichtiger als die Frau gewesen war. Jetzt lebte er seit zwei Jahren allein in einer vernachlässigten Zimmer-Küche-Wohnung in der Meiereistraße und seine Welt hatte sich auf den 2. Bezirk, das Kriminalkommissariat Zentrum Ost und das „Marktcafé" reduziert. Seit der Reorganisation der Polizei hatte sich diese Welt zwar um die Bezirke 1, 3, 11 und 20 erweitert, aber in Wahrheit zählte für ihn nur der 2. Bezirk, die Leopoldstadt, und die anderen Bezirke seines Rayons waren für ihn mehr oder weniger Ausland.

Trautmann lebte in der Hauptsache von Semmeln mit heißem Pferdeleberkäse und Unmengen von Kaffee, weil er weder daran dachte, sich etwas zu kochen noch sich in einem der zahlreichen Gasthäuser des Grätzls ein warmes Essen zu kaufen.

Trautmanns neuer Kollege, der Bezirksinspektor Franz Lassinger, war ein 1,90 Meter großer, zweiunddreißigjähriger verheirateter Mann, Vater von zwei Töchtern. Heute war sein erster Diensttag im *Koat* Zentrum Ost gewesen. Er war auf eigenen Wunsch von der Kriminalabteilung Linz nach Wien versetzt und als Ersatz für Monika Tränkler der Gruppe 4 zugeteilt worden. Die Tränkler hatte einen jungen Rechtsanwalt geheiratet und war aus dem Polizeidienst ausgetreten.

Der hinkende Dauerschnorrer Rudi Swatosch war um die sechzig, hatte, wie er sagte, immer schon im Grätzl gelebt und wurde von den wenigen auf dem Karmelitermarkt noch vorhandenen Geschäftsleuten mit Essen versorgt. Er bezog seine Kleidung von der Caritas und hielt sich für einen der wenigen wirklichen Freunde Trautmanns, von dem er sich regelmäßig Leberkässemmeln und den einen oder anderen Kaffee mit Rum im „Marktcafé" erschnorrte. Nebenbei war Rudi, der zumindest im 2. Bezirk jeden Pflasterstein und jeden Menschen kannte, ein verlässlicher *Zundgeber* für Trautmann, dem er immer wieder

Namen von Leuten nannte, die gegen das Strafgesetz verstoßen hatten. Rudi kannte die im Bezirk beheimatete so genannte *Galerie* und deren Mitglieder auswendig und seinen Augen, die hinter einer acht Dioptrien starken Brille leicht schielend und fast richtungslos hin und her rollten, entging nichts.

Während die Blauensteiner vergeblich versuchte, mit dem feschen Lassinger zu flirten, machte die Horak die Abrechnung und wies ihre Gäste darauf hin, dass es an der Zeit war, das „Marktcafé" zuzusperren.

Trautmann bestellte, zum Drüberstreuen, noch für sich, Lassinger und Rudi einen Kognak. Rudi ließ sich deswegen zu der Bemerkung hinreißen, dass Trautmann der einzige Mensch unter lauter Viechern wäre, die den 2. Bezirk bevölkerten. Dann verließen alle das „Marktcafé".

Der Regen war noch stärker geworden. Die beiden Kaffeesiederinnen spannten ihre Schirme auf und beeilten sich, zu ihrer nahe gelegenen Wohnung zu kommen. Lassinger setzte sich in sein Auto, um zu Frau und Kindern heimzufahren.

Und Trautmann lud Rudi wegen des Regens ein, mit ihm ins *Koat* zu kommen und dort, was keine Seltenheit war, in einer freien Arrestzelle zu übernachten. Er wollte auch ins *Koat*, um im dortigen Wachzimmer, das seit der Reorganisation Polizeiinspektion Leopoldsgasse hieß, mit den anwesenden uniformierten Kollegen zu plaudern, ein paar Zigaretten zu rauchen und Kaffee zu trinken. Dann wollte er, obwohl die Kriminalbeamtengruppe 4 keinen Nachtdienst hatte, in deren Zimmer einige ältere, aber noch laufende Akten wälzen, weiter über das wohl berühmteste Zen-Koan – *wie man das Klatschen einer erhobenen Hand zu hören vermag* – nachgrübeln und darüber schließlich an seinem Schreibtisch einschlafen.

2

Am nächsten Morgen saß die Gruppe 4 in ihrem Dienstzimmer im Kriminalkommissariat Zentrum Ost beisammen. Das *Koat* war ein nicht gerade umwerfend schöner mehrstöckiger Bau mit großem Innenhof und befand sich einen Steinwurf vom Karmelitermarkt entfernt in der Leopoldsgasse.

Diese Gasse beginnt unter dem Namen Hollandstraße an der Oberen Donaustraße und trägt ab Höhe Karmelitermarkt den Namen Leopoldsgasse; vor Jahrhunderten hatte sie Strafhausgasse geheißen, weil sich in ihr ein Strafhaus befunden hatte. In der näheren Umgebung dieser Gasse gibt es neben dem Karmelitermarkt die Karmeliterkirche und die immer belebte Taborstraße mit ihren vielen Geschäften, weiters größere Nachtlokale und auch kleinere, die im Jargon der *Galerie* und Polizei *Blashütten* genannt werden, weil ihre Séparées so eng sind, dass im Grunde genommen nur Oralverkehr möglich ist. Eine gewisse Berühmtheit besitzt das Krankenhaus der Barmherzigen Brüder in der Großen Mohrengasse.

Etwas weiter entfernt ist dann der Praterstern, auf dem das Denkmal des einzigen österreichischen Seehelden, des Admirals Tegetthoff, der sich in der längst vergessenen Schlacht bei Lissa hervorgetan hat, inmitten der Baustellen fast untergeht.

Sonst lässt sich über die Leopoldstadt nicht viel sagen. Bis zur Nazizeit lebten dort viele Juden, weshalb der Bezirk auch *Mazzesinsel* genannt wurde. Aber 1938 wurden die meisten Juden deportiert und in Konzentrationslagern umgebracht. Heute gibt es nicht mehr allzu viele Juden im Bezirk, dafür umso mehr Türken und Immigranten aus den verschiedensten Oststaaten hinter dem ehemaligen Eisernen Vorhang sowie zahlreiche Asylanten aus Afrika, von denen sich nicht wenige durch Dealen über Wasser halten.

Trautmann hatte, wie üblich, von einem Kiosk auf dem Karmelitermarkt frische Pferdeleberkässemmeln geholt, und Burschi Dolezal, ein drahtiger dreißigjähriger Mann mit schütterem Rothaar, kochte Kaffee und zog dabei den Neuling Lassinger nach Kräften auf.

„Ja, ja“, brummte er zur Kaffeemaschine, „Linz ... Angeblich auch eine Stadt mit mehrstöckigen Häusern. Hm ...“ Und dann zu Lassinger: „Bei euch zuhaus klopft man wahrscheinlich an, bevor man durch eine Tür geht. Bei uns in Wien macht man’s in der Regel auch so – außer bei der U- und Straßenbahn, wo ’s Klopfen nichts nützt, weil es einen Knopf neben der Tür oder eine Klinke gibt, auf die was man drücken muss, damit die Tür aufgeht.“

Lassinger gab auf diesen Uraltschmäh eines depperten Wieners keine Antwort, aber Trautmann unterbrach das Auswickeln der Leberkässemmeln und sagte zu Dolezal: „Wennst nicht immer so blöde Ansagen machen tätest, Burschi, wärst vielleicht ein ganz guter *Kiberer*.“

Dolezal tat erstaunt. „Was hab ich denn gesagt? Ich wollt dem Lassinger, der was aus einem Bretteldorf, was Linz heißt, kommt, ja nur ein bissl erklären, wie es in einer Großstadt zugeht.“ Und zu Lassinger: Ich hab dich doch nicht gekränkt, oder?“

„Keine Spur“, sagte Lassinger. „Leut wie du können mich nicht kränken. Außerdem ist Linz kein Bretteldorf, sondern die zweitgrößte Stadt von Österreich. Und ...“

Lassinger brach ab, weil der Abteilungskommandant Sporrer eintrat und einen guten Morgen wünschte.

Sporrer entsprach nicht dem Bild eines Oberstleutnants, wie man es sich gemeinhin vorstellt. Er erschien im T-Shirt, hatte eine Pferdeschwanzfrisur, war noch größer als Lassinger und genau der Typ, mit dem man sich auf keine Schlägerei einlassen würde. Er führte seit drei Jahren das Kriminalkommissariat Zentrum Ost und war ein umgänglicher Mann, der, wenn es erforderlich war, aber auch andere, recht ungute Saiten aufziehen konnte.

Sporrer gab Lassinger die Hand, holte sich dann von der Kaffeemaschine eine Tasse Kaffee und setzte sich damit auf den Schreibtisch Lassingers.

„Deine Dienstbeschreibung ist soweit gut. Logisch, weil *Krücken* kann ich in meinem *Koat* nicht brauchen. Ich hoffe, du wirst dich bald bei uns eingewöhnt haben. Die Kollegen und auch die Uniformierten sind gute Leute. – Und was die Gruppe 4 betrifft, so hat sie aus irgendeinem unerfindlichen Grund die meisten Erfolge, obwohl sie einen Typen wie den Burschi dabei hat."

Er angelte sich eine der auf dem Schreibtisch Trautmanns liegenden Leberkässemmeln, biss hinein und sagte mit vollem Mund zu Lassinger: „Wennst mit irgendwas Schwierigkeiten hast, red zuerst mit dem Trautmann, bevor du zu mir kommst. Weil der Trautmann ist zwar manchmal ein ganz sturer Hund, hat aber was, was heutzutage vielen Kollegen abgeht. Der Trautmann ist ein Saurier und hält nicht übermäßig viel von Elektronik, DNA und solchen Sachen."

Trautmann rollte sich eine Zigarette und grinste Lassinger an. „Der Karli – ich mein, der Herr Oberstleutnant – hat Recht. Ich bin noch vom alten Schlag und muss es im Urin spüren, wenn was wo rennt und wer Dreck am Stecken hat."

Er zündete sich die Zigarette an und sagte: „Irgendeiner hat gesagt, Gefühl ist alles. Der war zwar kein *Kiberer*, hat aber Recht gehabt."

„Das war der alte Goethe, Wolfgang, von", warf Dolezal ein.

„Sag ich ja", brummte Trautmann. „Ist aber wurscht. Wer einmal was gesagt hat, das interessiert keinen. Hauptsache, es stimmt."

Er warf Lassinger quer durch das Zimmer eine Leberkässemmel zu – „Iss, damit was wird aus dir!“ – und deutete auf ein über dem Ordnerregal affichiertes Plakat mit der Aufschrift RAUCHEN KANN TÖDLICH SEIN! Darunter stand, mit dickem Filzstift geschrieben: FRESSEN UND SAUFEN ABER AUCH! „Unser ganzes Leben ist tödlich, oder? Also, warum soll man sich dann nicht kleine Herzstärkungen gönnen.“

Sporrer trank seinen Kaffee aus und ging zur Tür. „Na, dann machts es gut, Burschen. Heut wird es wahrscheinlich ein ruhiger Tag werden. Du, Trautmann, kannst mir endlich den Akt Ringhofer fertig machen, *bevor zwischen den Seiten Schwammerln wachsen*. Und du, Burschi, kannst dem Lassinger …“

„Franzi heißt der“, warf Trautmann ein. „Mit dem Familiennamen werde nur ich angeredet, weil ich einen Scheißvornamen hab. Aber für alle anderen gibt's nur ihren Vornamen. Schließlich gehören wir ja alle zum gleichen Verein.“

„O.k.“, sagte Sporrer. „Also der Burschi kann dem Franzi einen Überblick über unseren Rayon geben.“ Und bevor er aus dem Zimmer ging, meinte er noch: „Übrigens sollte einer das Fenster aufmachen, weil da stinkt es nach dem Trautmann seinen *Lungentorpedos*, dass der Sau graust.“

Trautmann rollte sich bereits die nächste Zigarette und brummte: „Derstunken ist noch keiner. Aber derfroren sind schon haufenweise Leut. Also bleibt das Fenster zu.“ Dann angelte er sich einen Akt, schlug ihn auf und sagte zu Lassinger: „Egon Ringhofer, vierzehn Vorstrafen. *Taschlzieher*, aber sonst ein ganz netter Mensch. Seit vorgestern ist er auf freiem Fuß und schon wieder wegen einem *127er* angezeigt worden. Eine faule Frucht. Wird wieder *sechs Monate reißen*, dann außekommen und einer Alten auf dem Markt 's nächste *Geldtaschl ziehen*.“

„Eigentlich“, sagte Dolezal zu Lassinger, „soll das seit Neuestem ja der *Trachtenverein*, die Sicherheitswache, machen. Aber irgendwie ist die Geschichte halt bei uns gelandet. Die neuen Vorschriften müssen sich eben erst ein bissl einspielen. Apropos einspielen, Franzi: Seit es jetzt eigene *Koate* für die Kriminalpolizei und die Sicherheitswache gibt, schaut es so aus: Das *Koat* von den Uniformierten ist jetzt im 20., in der Pappenheimgasse. Und bei uns haben sie nur mehr die Polizeiinspektion Leopoldsgasse. Polizeiinspektion ... Seit ewig hat das bei uns Wachzimmer geheißen. Aber jetzt haben wir, weil wir ja jeden *Schas* von die Piefke übernehmen, eben Polizeiinspektionen. Und für die *Kiberei* eigene *Koate*, fünf an der Zahl, was alle mehrere Bezirke haben. Unseres zum Beispiel 1, 2, 3, 11 und 20."

„Weiß ich", sagte Lassinger. „Aber was in jedem von unseren Bezirken so los ist, weiß ich logischerweise noch nicht."

„Dann werd ich es dir sagen. Also: Der 1. Bezirk, die Innenstadt, liegt über dem Donaukanal und es gibt hauptsächlich Berge von Touristen und die Einheimischen sind keine armen Leut, wie im 2., da bei uns. Früher, vor den Nazis, war der 2. Bezirk voller Juden, von denen die meisten nicht viel gehabt haben. Heut gibt es bei uns nimmer viel Juden, obwohl viele glauben, es wimmelt nur so davon. Sonst haben wir einige alte Leut im Bezirk, auch ein paar Gutsituierte und Geschäftsleute. Der Rest ist so genannter Mittelstand – und es gibt haufenweise ausländische und einheimische *Bloßfüßige*. Und genau so ist es im 3., 11. und 20. Bezirk. Überall hauptsächlich *Nebbochanten*. Im 11. gibt es den Zentralfriedhof und im 20. gar nichts, darum heißt er auch *Glasscherbeninsel*. Wichtig für uns, im 2., ist der Prater, was eigentlich ein Land für sich ist. Dort gibt's das Messegelände, haufenweise Huren aus den Oststaaten – die meisten von ihnen *stellen ohne Deckel die Füß auf* –, nicht zu wenige schwarze Dealer und Jugo- und Türkenbanden, Jugendliche, die was sich gegenseitig *in die Goschen hauen*. Den echten *Praterstrizzi* gibt's nimmer. Der ist entweder ausgestorben oder eine *alte Krücken*, wie unser Trautmann. Weiter haben wir im Prater eine Galopp- und eine Trabrennbahn, ein Sportstadion und eine Radrennhalle, einen Haufen Ringelspiele und andere, selbstmörderische Attraktionen. – Und dann gibt es noch das Wald- und Wiesengebiet des Grünen Praters, durch den was in der warmen Jahreszeit die Liliput-Bahn fährt. Auf alles andere wirst ja bald genug selber draufkommen."

Lassinger nickte. „Danke schön … Ich darf doch auch Burschi zu dir sagen, oder?" – „Klar", sagte Dolezal, „weil Burschi ist besser als Dolezal. Dolezal gibt es in Wien haufenweise, aber Burschi gibt es nur einen."

Trautmann schaute weiterhin in den Akt Ringhofer und brummte: „Und das ist, wie böse Zungen behaupten, schon einer zu viel."

Zur selben Zeit kam die fünfzigjährige Franziska Rautenschlager, die im Kriminalmuseum als Putzfrau und stundenweise auch als Kartenverkäuferin beschäftigt war, zum Tor des Museums, fingerte den Torschlüssel heraus und stellte fest, dass das Schloss des Tors nicht, wie Nachts üblich, zweimal versperrt, sondern nur eingeschnappt war. Sie nahm an, dass der im Museum wohnende Hausverwalter Nowatschek auf einen Sprung in die Trafik oder zum nahen Supermarkt gegangen war und daher nicht richtig zugesperrt hatte.

Sie trat ein, schaute kurz in den kleinen Hof und ging dann in den L-förmigen Raum, in dem die Bar untergebracht war, die kaum von den Museumsbesuchern, aber häufig von den Beamten des Polizeikommissariats aufgesucht wurde. Dort räumte sie ein bisschen auf und wusch ab. Dann ging sie in den Kassenraum, in dem es auch Glasvitrinen mit Büchern gab, die einen Bezug zur Wiener Kriminalgeschichte hatten.

Nach etwa einer halben Stunde war die Rautenschlager mit ihrer Arbeit fertig, ging wieder in den Hof und rief: „Guten Morgen, Herr Nowatschek!"

Als sie keine Antwort bekam, stutzte sie, ging dann zur im ersten Stock gelegenen kleinen Wohnung des Verwalters und fand die Eingangstür offen vor. Sie rief halblaut wieder nach dem Herrn Nowatschek, bekam erneut keine Antwort und betrat die Wohnung, weil es ja möglich war, dass dem Nowatschek, einem älteren, viel zu dicken Mann, schlecht geworden war und er deshalb keine Antwort geben konnte.

Doch der Nowatschek war nicht in der Wohnung. Das Bett war allerdings nicht gemacht, sondern zerwühlt; auch hingen die Alltagskleider Nowatscheks über zwei Bügeln. Der Bademantel war jedoch nirgends zu sehen. Nowatschek musste also aus irgendeinem Grund in der Nacht seine Wohnung verlassen haben. Blieb nur die Frage wohin er, offensichtlich überstürzt und nur im Bademantel, gegangen war.

Konnte es sein, dass er in plötzlicher Verwirrung das Haus verlassen und das Haustor, anstatt es zu versperren, nur zugezogen hatte? Oder war er aus irgendeinem Grund in das einen Stock unter der Erde befindliche, verwinkelte und weitläufige Museum gegangen, weil …

Die Rautenschlager ging zum Museumsabgang, schaltete das Licht ein – und die Stiegen sahen aus wie immer. Aber es hing ein eigenartiger Geruch, fast wie nach frischer Farbe oder einer ähnlichen Chemikalie, in der Luft.

Sie rief wieder nach dem Nowatschek, bekam abermals keine Antwort und ging die Stiegen hinunter. Ehe sie noch ganz unten war, sah sie schon, dass drunten das reinste Tohuwabohu herrschte. Die Affichen an den Wänden des ersten Raums waren teilweise zerkratzt, mit schwarzer Farbe beschmiert oder zerrissen worden und die wenigen Glasvitrinen lagen zerbrochen auf dem Boden, so wie die in ihnen aufbewahrten Exponate. Alles war mit den Fetzen der Affichen vermischt.

Die Rautenschlager wäre am liebsten auf und davon, um die Polizei und den Hofrat, dem das Museum gehörte, anzurufen, überwand sich dann aber und ging weiter. Auch die anderen Räume waren gleich wie der erste verwüstet, als hätten die Vandalen in ihnen gehaust.

Und im letzten, gleichermaßen devastierten Raum lag der dicke Nowatschek mit offenem Bademantel und fast ganz durchschnittener Kehle in einer großen, bereits getrockneten Blutlache.

Der Rautenschlager wurde schwarz vor Augen, sie erlitt einen Schwindelanfall und brauchte einige Minuten, bevor sie sich aufraffen konnte, noch einen Blick auf den Toten warf und dann über die Stiegen nach oben keuchte, wo sie nicht die bekannte Notrufnummer der Polizei, 133, sondern das Kommissariat anrief, dessen Nummer sie auswendig wusste.

„Ich bin es", schrie sie ins Telefon. „Die Rautenschlager! Sie haben den Nowatschek umgebracht!" Dann ließ sie den Hörer fallen, griff sich ans Herz und plumpste nieder.

Die Gruppe 4 hatte ihr Frühstück beendet und der Gruppenführer Trautmann sagte zu Burschi Dolezal: „Ich und der Franzi machen jetzt eine kleine Runde durch die *Blashütten* und *Zockerlokale*. Damit ihn die *Galerie* erst einmal kennen lernt. Und du bleibst da und machst endlich den Scheiß-Ringhofer-Akt fertig, damit wir den Typen ins Landesgericht schicken können."

Dolezal schaute mürrisch und zog ein Gesicht. „Warum immer ich, hörst? Ich bin ja der reinste *Schammes*!"

Trautmann rollte sich eine Zigarette, zündete sie an, öffnete eine seiner Tischladen, nahm seine Glock heraus, steckte sie in den hinteren Hosenbund und brummte: „Sag das nicht, Burschi. Du bist der wertvollste Mitarbeiter in unserer Gruppe. Und ein Weltmeister am Computer. Also dazu geboren, jetzt den Bericht Ringhofer ins Reine zu schreiben. Und irgendwer muss ja dem Neuen zeigen, wer bei uns wo was ist."

Und zu Lassinger sagte er: „Wir machen nur einen kleinen Spaziergang, Franzi, aber steck deine *Puffen* trotzdem ein. Weil was Genaues weiß man nie – und der Klaushuber, der was nur im Café Planquadrat vis-à-vis war, ist einem Bankräuber in die Quere kommen und von dem umgeschossen worden, weil er zwar sein *Zumpferl*, aber nicht die *Puffen* mitgehabt hat."

Lassinger, der sein vorschriftsmäßiges Holster bereits umgeschnallt hatte, nahm ebenfalls seine Waffe und versorgte sie.

Die beiden waren bereits an der Tür, als Trautmanns Telefon klingelte. Trautmann deutete mit dem Kopf auf Dolezal und öffnete die Tür des Dienstzimmers. Dolezal ging zu Trautmanns Tisch, hob ab und meldete sich, horchte kurz und sagte dann: „Ja, verstanden."

Er legte auf und sagte zu Trautmann: „Euren Spaziergang kannst abblasen. Der Chef war's. Im Kriminalmuseum ist der Hausverwalter *gemacht* worden. Irgendwer hat ihm fast den Schädel abgeschnitten. Jetzt spielt es sich ab. Der Chef wird gleich reinkommen und die Burschen von der *Gewalt* sind auch schon unterwegs. Der *EKD* ebenfalls." Und mit einem schwachen Grinsen: „Der Akt Ringhofer bleibt schon dir, Trautmann. Hast Pech gehabt."

Dann stand Dolezal ebenfalls auf. Seine Waffe brauchte er nicht erst zu nehmen, die steckte sowieso immer im umgeschnallten Holster. Im *Koat* ging die Sage, Dolezal würde sogar bewaffnet aufs *Häusl* gehen. Die Dienstglock im Halfter, die kurzläufige private Beretta im Wadenholster. Und die Handschellen am hinteren Hosenbund, wo er auch seinen Pfefferspray befestigt hatte.

Burschi Dolezal war, von der Polizeischule an, immer der beste Pistolenschütze seiner Einheit gewesen. Er schoss immer nur 12er und 11er. Aber von der Schusswaffe hatte er in seiner ganzen Dienstzeit bisher noch keinen Gebrauch gemacht.

3

Als Trautmann, Dolezal, Lassinger und Oberstleutnant Sporrer im Laufschritt zum Kriminalmuseum kamen, stand bereits ein Rettungswagen mit rotierendem Blaulicht vor dem Haus, hatten drei Wachebeamte alle Hände voll zu tun, die rasch mehr werdenden Neugierigen in Schranken zu halten. Kurz danach trafen auch als höchster Polizist der Stadthauptmann des 2. Bezirks, Hofrat Hollndonner, und der Journalist Göttlicher ein, der verbotenerweise regelmäßig den Polizeifunk abhörte und immer als Erster an einem Einsatzort war.

Trautmann, Dolezal, Lassinger, Sporrer und der Stadthauptmann gingen ins Museum. Göttlicher musste trotz aller Bitten zumindest vorläufig draußen bleiben.

Im Kassenraum kümmerten sich ein Rettungsarzt und seine Helfer um die auf einer Bahre liegende Rautenschlager und hantierten mit einem Defibrillator, weil sie durch die Aufregung anscheinend einen Herzinfarkt erlitten hatte.

Die fünf Polizisten gingen weiter ins eigentliche Museum, schauten sich, ohne ihn vorläufig zu betreten, die Verwüstungen im ersten Raum an und waren alle der Überzeugung, dass hier ein Irrer am Werk gewesen sein musste.

Es hatte natürlich schon Einbrüche in Wiener Museen gegeben; so waren vor Jahren aus dem Museum für angewandte Kunst, dem MAK, wertvolle Teppiche gestohlen worden, und besonders spektakulär war der Einbruch im Kunsthistorischen Museum gewesen, bei dem die Diebe über ein Baugerüst ins Innere eingestiegen waren und das weltberühmte und einmalige goldene Salzfass von Cellini mitgenommen hatten. Bis heute war das wertvolle, unersetzbare Stück verschollen und die Diebe waren nicht ermittelt worden. Vermutlich hatten sie das Salzfass eingeschmolzen und um eine lächerliche Summe an irgendeinen Hehler als Bruchgold verkauft, oder es stand im Safe eines superreichen Schwachsinnigen zu dessen alleiniger Ergötzung.

Trautmann sprach aus, was auch die anderen dachten: „Ich hab schon alle möglichen *Brüch* gesehen, Burschen" – wobei er, wie es seine Art war, auch den Oberstleutnant und den Stadthauptmann als Burschen titulierte –, „aber so einen noch nicht. Gut, o. k., einer oder mehrere machen einen *Bruch* – aber dann sind sie mit den Sachen eine Staubwolke und hinterlassen nicht ein Chaos, als hätte eine Bombe eingeschlagen."

Dann schaute er seinen Oberstleutnant an und brummte: „Ich weiß schon, dass sich die Weltmeister von der Kriminaldirektion *die Goschen über uns zerreißen* werden. Aber es ist besser, wenn wir zwei einmal weitergehen und den *gemachten* Hausverwalter anschauen, bevor die anderen da sind."

Sporrer und Trautmann zogen sich die Schuhe aus und gingen auf Socken in den ersten Raum hinein. Vorschriftsmäßig hätten sie zwar Plastiküberzüge an den Füßen haben sollen, aber im Notfall taten es die Socken auch, wenn sie später dem Erkennungsdienst übergeben wurden.

Sie sahen, was vor ihnen schon die Rautenschlager, und vermutlich auch der Hausverwalter, gesehen hatte: die schwarze Farbe, mit der die Wände und die Reste der Affichen beschmiert worden waren und nach der es durchdringend stank; sie sahen die teilweise zertrümmerten Vitrinen und deren auf dem Boden liegenden Ausstellungsobjekte, wie Mordwaffen und andere Gegenstände aus den dokumentierten Verbrechen. – Und sie sahen den im letzten Raum liegenden Nowatschek, dessen geöffneter Bademantel einen aufgeblähten Magen und dicken Bauch sehen ließ, die beide im Gegensatz zum fast haarlosen Kopf des Mannes dicht grau-weiß behaart waren. Sahen auch die große alte Operationsnarbe, die sich über den Bauch und Magen des an die hundert Kilo schweren Mannes zog. Und sie sahen die fürchterliche, bis zu den Wirbelkörpern klaffende Halswunde und die offen liegenden durchtrennten Ansätze von Kehldeckel, Kehlkopf, Schilddrüse und Luftröhre – sowie die etwa einen Meter von der Leiche entfernt auf dem Boden liegende Pistole der Marke Walther P38, Kaliber 9 mm. Diese Waffe war vor Jahrzehnten von der deutschen Wehrmacht und bis in die 50er Jahre von der österreichischen Exekutive benützt worden. Sie war aber längst durch die wesentlich bessere Pistole der Marke Glock, deren Magazin mehr Patronen als das der P38 aufnehmen konnte und die auch ein geringeres Gewicht hatte, ersetzt worden.

Während Trautmann und Sporrer sich umsahen, wurde der Besitzer des Museums, Hofrat Paulaner, der sich zurzeit in seinem Schloss außerhalb Wiens aufhielt, verständigt, der versprach, so rasch wie möglich zu kommen.

Etwas später wimmelte es im Museum von Leuten. Die Rautenschlager war von der Rettung bereits weggebracht worden, starb aber trotz aller Bemühungen noch während der Fahrt ins Krankenhaus. Im Kassenraum fragte der Journalist Göttlicher Dolezal, Lassinger und den Stadthauptmann bis aufs Hemd aus und war frustriert, dass er noch immer nicht zu dem Toten durfte und ihm die Polizisten seine Fragen nicht beantworten konnten, weil sie sich noch nicht genauer umgesehen hatten.

In den devastierten Räumen amtierte – die Schuhe vorschriftsmäßig in Plastiküberzügen und mit übergezogenen Plastikhandschuhen – die Gruppe Gewalt der Kriminaldirektion unter der Führung eines Majors. Die Männer des Erkennungsdienstes durchsuchten die Räume nach Spuren und machten unzählige Fotos von der Leiche und den Räumen. Die P38, aus der offensichtlich nicht geschossen worden war, hatten sie bereits sichergestellt. Sie waren sich darüber einig, dass sie eine derartige Verwüstung noch an keinem bisherigen Tatort gesehen hatten.

Sie glaubten, wie Trautmann, dass hier nur ein Wahnsinniger gewütet haben konnte, der möglicherweise vom Hausverwalter überrascht worden war – dem wahrscheinlich auch die P38 gehört hatte, mit der er aber nicht mehr hatte schießen können, weil ihn der Wahnsinnige vorher niedergemetzelt hatte. Sporrer und Trautmann waren ebenfalls noch unten und standen bei dem toten Nowatschek, den der Polizeiarzt Dr. Kammerer untersuchte.

Dr. Kammerer hatte bereits die Temperatur des Raums und per Anus die des Toten gemessen, sich dessen Leichenflecke angesehen und war zu dem vorläufigen Schluss gekommen, dass der Tod zwischen 22 Uhr und Mitternacht eingetreten sein musste. Er fügte hinzu, dass die Auffindungsstelle mit dem Tatort identisch war, was aber sowieso klar war, weil der Tote ja in einer großen Blutlache lag.

Als unmittelbare Todesursache stellte Dr. Kammerer eine regelrechte, bis zum Corpus vertebrae, den Wirbelkörpern, verlaufende Zerfetzung von Epiglotis, Larynx, Glandula thyroidea und Trachea fest, wobei er die lateinischen Termini für die Nichtmediziner Trautmann und Sporrer mit Kehldeckel, Kehlkopf, Schilddrüse und Luftröhre übersetzte. Tatwaffe könnte, seiner vorläufigen Meinung nach, ein wahrscheinlich stumpfes stählernes, möglicherweise mit Scharten oder Zacken versehenes Instrument sein.

Er hatte bereits mit einer ähnlichen Verletzung zu tun gehabt, und damals war ermittelt worden, dass es sich um eine stark schartige Sense gehandelt hatte. – Ziemlich sicher war, dass der Hieb mit der Mordwaffe von einem Rechtshänder ausgeführt worden war, weil sich die Verletzungen des Toten von dessen linker Halsseite an fortsetzten und in der Tiefe bis zu den Wirbelkörpern reichten. Kammerer merkte noch an, dass diese Tathandlung mit großer Kraft durchgeführt worden war; möglicherweise auch von einem Täter, der entweder tatsächlich irrsinnig oder durch irgendein Ereignis vollständig außer sich geraten war und ungeahnte Kräfte entwickelt hatte.

„Danke schön, Doktor“, sagte Trautmann zu Kammerer. „Du hast uns wie immer eine erschöpfende Anzahl von möglichen Tathandlungen und Täterprofilen gegeben. Der Täter kann entweder sehr kräftig, aber auch *demoliert im Schädel* gewesen sein und außer mit einem Zeppelin oder Luftballon mit jedem anderen Instrument gearbeitet haben. Mit einer Sense auch nicht“, setzte Trautmann hinzu, „weil mitten in der Nacht im 2. Bezirk kein Mensch mit einer Sense herumrennt.“

Kammerer reagierte auf Trautmanns Sarkasmus sauer und meinte frostig, dass Genaueres erst nach einer gerichtsmedizinischen Obduktion des Opfers ausgesagt werden könne und es überdies ausschließlich Sache der Polizei wäre, sowohl Täter als auch Tatwerkzeug auszuforschen. Er, Kammerer, wäre lediglich Arzt, aber kein Hellseher. Und im Übrigen würde er jetzt gehen und er gebe umgehend die Anweisung, dass die Leiche ins Forensische Institut in der Sensengasse zu bringen sei.

Nach knapp zwei Stunden, nachdem die Leiche Nowatscheks weggebracht worden war, verließen die Polizisten die Museumsräume und setzten sich zu einer ersten Besprechung in dem oberen L-förmigen Raum mit der Bar zusammen. Trautmann, der ja den Hausbrauch kannte, machte für alle Kaffee, dann wurden erste Meinungen ausgetauscht. Außer Frage stand, dass dieser Fall einer für die Gruppe Gewalt der Kriminaldirektion war und die Leute vom *Koat* Hilfsdienste bei den Ermittlungen leisten sollten, weil sie die besonderen Umstände und die Verhältnisse im *Grätzl* besser und unmittelbarer kannten.

„Das heißt“, kommentierte Trautmann die Äußerung des Majors von der *Gewalt*, „dass wir *Pflasterhirschen* vom *Koat* herumrennen sollen, bis uns die Füße rauchen und wir so viel zusammengetragen haben, dass ihr Weltmeister den Täter nur mehr abholen müsst.“

Natürlich wurde diese Meinung vom Major nachdrücklich zurückgewiesen, aber seine Leute konnten ein Schmunzeln nicht unterdrücken, weil sie wussten, dass Trautmann gar nicht so Unrecht hatte.

Die Leute des Erkennungsdienstes sagten, sie hätten jede Menge Fingerabdrücke von überall im Haus und auch vom Tor gesichert und würden so bald als möglich den Computer und dessen *AFIS*-Programm damit füttern. Vielleicht hatte man Glück und es fand sich zumindest etwas einigermaßen Brauchbares unter den Fingerabdrücken. Es gab zwar in Ansätzen auch schon das neue, aus drei älteren Programmen zusammengestellte Superprogramm *IPOS*, aber dieses zu durchforsten, würde kaum etwas bringen. Der Erkennungsdienst hatte auch alle möglichen DNA-Spuren gesichert und würde diese sofort nach Innsbruck ins Labor schicken; dessen Antwort war allerdings leider erst frühestens in vier Tagen zu erwarten.

Dann platzte der Besitzer des Museums, Hofrat Paulaner, in das Gespräch. Er war mit überhöhtem Tempo nach Wien gerast, war außer Atem, hatte ein vor Aufregung fleckiges Gesicht und zitternde Hände, die er krampfhaft zu beherrschen suchte. Er hatte schon kurz in die Museumsräume geschaut und konnte sich nicht vorstellen, warum so etwas Schreckliches in seinem Museum passiert war.

„Ich“, sagte er, „bin nicht nur entsetzt, sondern kann mir auch nicht vorstellen, aus welchen Gründen der Täter – unter Umständen waren es auch mehrere – derart gehaust hat. Ich kann es einfach nicht, obwohl ich eine ziemliche Vorstellungskraft habe und auch nicht wenig über Kriminalfälle gelesen und, wenn auch nur als Beobachter, nicht wenige miterlebt habe.“

Und nach einer Pause: „Nicht nur, dass ein Mensch ums Leben gekommen ist, der angerichtete Schaden ist so groß, dass er … Mit einem Wort, mein Museum ist ruiniert und ich kann jetzt noch nicht sagen, wie lang es dauern wird, bis ich es zumindest halbwegs wieder aufgebaut habe. Der Täter hat nicht nur meinen Nowatschek getötet, sondern durch die Zerstörung meines Lebenswerks mittelbar auch mich tief getroffen."

Um 13.00 Uhr löste sich die Runde auf, und keiner außer Trautmann dachte daran, dass jetzt eigentlich Mittagszeit war.

Die Leute von der Direktion fuhren in ihre Dienststellen zurück, die vom *Koat* machten sich auf den Weg in die Leopoldsgasse, aber Trautmann fasste den noch immer wartenden Journalisten Göttlicher unter und ging mit ihm Richtung Karmelitermarkt. Dort kaufte er für sich und Göttlicher eine *Partie* Leberkässemmeln und steuerte mit ihm das „Marktcafé" an.

Im „Marktcafé" waren wie immer außer den beiden Frauen nur ein paar Stammgäste – Männer, die zwar Marktstände besaßen, aber an diesen lieber ihre Frauen arbeiten ließen, und natürlich der unterstandslose Rudi. Trautmann und Göttlicher setzten sich in eine Ecke. Trautmann bestellte für sich, Göttlicher und den Schnorrer Rudi Kaffee mit Rum und rollte sich eine Zigarette.

Er sagte Göttlicher, dass er für ihn vorläufig keine besonderen Informationen hätte, schilderte nur grob den Zustand der Museumsräume und bemerkte, dass der ermordete Nowatschek nur mit einem Bademantel bekleidet gewesen war; er verlor aber kein Wort über die am Tatort aufgefundene P 38, die zwar geladen gewesen war, aus der aber nicht geschossen worden war.

„Und hast du schon eine Idee oder wenigstens einen Schatten davon, warum nicht nur der Nowatschek umgebracht, sondern auch das ganze Museum demoliert worden ist?", fragte Göttlicher.

„Nein", sagte Trautmann paffend, „keinen Funken."

„Vielleicht ein Racheakt oder so was?"

Trautmann schüttelte den Kopf. „Glaub ich nicht. Kann ich mir nicht vorstellen. Gut", gab er zu, „o. k., ich weiß, dass es so was gibt. Es werden aus Neid oder anderen persönlichen Motiven – was es ja haufenweise gibt, weil die meisten Leut einen Dachschaden haben – neue Autos zerkratzt, neue Fassaden besprayt, Fenster und Auslagen eingeschmissen und, und, und … Aber …“

Er brach ab und kam ins Sinnieren. Logisch gab es nicht zu wenig Leute, die nicht sehen konnten, dass ein anderer etwas hatte, was sie auch gern gehabt hätten. Ein neues und größeres Auto. Ein Motorrad. Ein schönes Geschäftsportal. Ein kleines Zweithaus mit Swimmingpool am Stadtrand und weiß der Teufel was noch alles.

Es wurden ja sogar angekettete, aber im Grunde wertlose Fahrräder ganz oder teilweise zerstört. Und die Fenster von Autos, wenn sie mit Klebern versehen waren, die einem anderen nicht passten, wie Kleber parteipolitischen Inhalts oder gegen Atomstrom und Genmais und was es sonst noch an Reibeflächen gab. Vor Jahren hatten Neonazis die Fotos einer Ausstellung über das ehemalige jüdische *Schtetl* teilweise ruiniert.

Aber dass fast das gesamte Inventar eines Museums zerstört worden war, das hatte es noch nicht gegeben. Gut, o. k., ein Irrer war in Florenz auf Michelangelos Pietà losgegangen, in Wien hatte ein schwachsinniger und prüder Fanatiker ein obszönes Bild des Aktionisten Mühl ruiniert. Das waren zwar irre Anschläge gewesen, aber man konnte doch, wenn auch mit Mühe, die Motive der Täter nachvollziehen. Und sie waren, wie auch andere böswillige Sachbeschädigungen, geplant gegen einzelne Objekte gerichtet gewesen.

Doch fast alle Objekte eines zwar interessanten, aber harmlosen Privatmuseums, in dem bloß Kriminalfälle aufgelistet und weder politische noch religiöse Richtungen diffamiert wurden, zu zerstören, das konnte nur das Werk eines Irren sein.

Göttlicher teilte Trautmanns Meinung, meinte aber, es wäre doch möglich, dass irgendein Konkurrent oder Neider in der

Absicht gehandelt habe, das liebste Projekt des Museumsbesitzers Paulaner zu zerstören und ihn dadurch ins Herz zu treffen.

Dann erinnerte sich Trautmann an die vorhin gekauften Leberkässemmeln, die er neben sich auf die zerschlissene Polsterbank gelegt hatte, nahm sich zwei und gab je eine an Göttlicher und den herumscharwenzelnden Rudi weiter. Er bestellte drei Bier, aß und schaute dabei ins Leere.

Er hatte das Gefühl, dass sich an diesem Fall nicht nur er die Zähne ausbeißen würde, sondern auch die Weltmeister von der Kriminaldirektion. Andererseits hatten aber die Leute aus der Direktion den Fall übernommen, sodass nicht nur das *Koat* Zentrum Ost, sondern auch er aus dem Schneider war. Genau genommen, gingen ihn und sein *Koat* der Einbruch, die Sachbeschädigung und auch der Tod Nowatscheks nichts mehr an. Die waren Sache der Gruppen Gewalt und Eigentumsdelikte und des Erkennungsdienstes.

Aber der Mord am Hausverwalter, die Zerstörung des Museums und, als Folge, der Infarkttod der Putzfrau Franziska Rautenschlager waren im 2. Bezirk, in *seinem* Rayon, kaum zwei Steinwürfe von *seinem Koat* entfernt geschehen und der Fall würde daher auch von *ihm* gelöst werden, wurscht, was sein Oberstleutnant oder die Kriminaldirektion dazu sagten. Er war schließlich ein zu alter Hund, um sich an die neuen Vorschriften zu halten.

Das Ministerium konnte von ihm aus jede Woche die Polizei neu organisieren. Dort hockten *aufgeblasene Krücken*, die sich für Polizeibeamte hielten, auf ihren Ärschen, vertrieben sich die Zeit mit allen möglichen Planspielen und schickten haufenweise Dienstanweisungen und Verordnungen aus, damit sie irgendwas machten und die Kollegen, die draußen arbeiteten, sekkieren konnten.

Aber *seine* Fälle waren *seine* Fälle und würden es bleiben, solange er im Dienst war.

4

Die Einvernahme des Museumsbesitzers Hofrat Paulaner, die sich am Nachmittag in der Kriminaldirektion 1 über fast drei Stunden hinzog, brachte überhaupt nichts.

Paulaner hatte sich von seinem Schock noch immer nicht erholt und konnte sich nicht vorstellen, welches Motiv diesem sinnlosen Zerstörungswerk zugrunde lag.

„Ich könnte der Tat noch einigermaßen folgen, wenn der Täter darauf aus gewesen wäre, einzelne seltene Stücke für sich oder einen Auftraggeber zu stehlen. Und dass er, als er wahrscheinlich von meinem bewaffneten Hausverwalter ertappt wurde, diesen ermordete. Möglicherweise, weil er meinem Herrn Nowatschek bekannt gewesen ist …“

„Übrigens“, setzte er hinzu, „die P38 hatte Nowatschek seit Jahren legal in seinem Besitz. Aber das nur nebenbei. Doch, wie gesagt, es übersteigt meine Fantasie, aus welchen Gründen jemand mein Museum vernichtet hat. Eine vollkommen sinnlose Handlung. Denn natürlich werde ich es wieder aufbauen. Fotos von Zeitungsausschnitten und Faksimiles lassen sich wieder beschaffen. Leider“, schränkte Hofrat Paulaner ein, „wird es mit den Gegenständen nicht so einfach sein. Aber von diesen kann man wahrscheinlich größtenteils Nachbildungen anfertigen …“

Er brach ab und schaute blicklos vor sich hin.

„Apropos Gegenstände, Herr Hofrat“, sagte Stadthauptmann Hollndonner, „was wir zunächst von Ihnen brauchen, ist eine Auflistung aller Exponate des Museums. Vielleicht hat der Täter doch einen bestimmten Gegenstand gewollt und, um das zu verschleiern, gleich fast den ganzen Inhalt des Museums zerstört.“

„Die können Sie gerne haben, Herr Stadthauptmann. Aber erst in einigen Tagen, sobald ich mir einen Überblick verschafft habe. Vorläufig liegt ja noch alles durcheinander und ich kann nicht mit Sicherheit sagen, ob etwas bzw. wenn ja was fehlt."

Als Paulaner die Kriminaldirektion verlassen hatte, durchpflügten die Leute von der *Gewalt* seinen Background.

Der Mann war vierundfünfzig Jahre alt, hatte einen Doktor- und einen Magistertitel und war Hofrat geworden, weil er regelmäßig kriminalhistorische und -technische Vorträge in Polizeischulen und an der Polizeiakademie hielt. Er hatte einige Bücher allein oder mit bekannten leitenden Kriminalbeamten geschrieben. Er war seit über zwanzig Jahren verheiratet und führte eine kinderlos gebliebene, gute Ehe. Er besaß außerhalb Wiens ein Schloss, in dem er ein Strafrechts- und Gerichtsmuseum eingerichtet hatte. Teils wohnte er dort, teils in seinem Wiener Museum. Paulaner war als integrer und offener Mann bekannt, der, was unter Akademikern eher selten ist, weder in die üblichen Eifersüchteleien noch Intrigen verstrickt war und seine Ehrungen und Orden nie angestrebt, sondern bloß angenommen hatte. Es gab auch keinen unmittelbaren Konkurrenten, denn der andere bedeutende österreichische, international bekannte Kriminologe, Müller, befasste sich im Gegensatz zu Paulaner in der Hauptsache mit Täterprofiling und mit der Erforschung von abwegigen Tatmotiven und deren Auswirkungen.

Paulaner war nie in dubiose Geld- oder Sexaffären verwickelt gewesen, und er hatte auch nie als Kriminalpolizist gearbeitet und im Zuge dieser Tätigkeit jemanden ermittelt, verhaftet und dem Gericht übergeben. Es gab, wenn auch selten, Fälle, in denen ein Straftäter während oder nach der Hauptverhandlung Drohungen gegen Polizisten oder Richter aussprach und diese nach Verbüßung seiner Haftstrafe auch wahrmachen wollte.

Vorläufig waren die Zerstörung des Kriminalmuseums und die Ermordung des Hausverwalters ein Rätsel, und es war fast zu vermuten, dass der Akt in einigen Monaten *auf Frist gelegt* werden würde; das hieß, er würde bei den unerledigten, weil ungeklärten, Fällen landen.

Natürlich redeten auch die Leute im Kriminalkommissariat Zentrum Ost über den mysteriösen Fall.

Während der Oberstleutnant wenig Interesse an dem Fall zeigte, weil die Amtshandlung ja ausdrücklich von der Kriminaldirektion übernommen worden war, und auch Dolezal froh war, nichts damit zu tun zu haben, ließ Lassinger zumindest ein gewisses Interesse erkennen, weil er in Linz mit Derartigem noch nie zu tun gehabt hatte. Und Trautmann verbiss sich geradezu in die Geschichte.

„Ich weiß schon", brummte er kettenrauchend, „dass wir alle Kollegen sind und es auch so was wie Dienstvorschriften und -verordnungen gibt. Ich weiß aber auch, dass die von der Kriminaldirektion zu 99 Prozent *Wichser* sind, und im Ministerium, wo sie die ganzen Scheißpapierln erfinden und *zusammensudeln*, hocken zu 100 Prozent *Vollkoffer*, die nur deswegen dort sitzen, weil sie für was anderes nicht zu gebrauchen sind."

„Kann sein", sagte Burschi Dolezal. „Aber es sind halt Vorgesetzte und …"

„*Pfeifenstierer* sind s'. *Flaschen* mit Gold am Kragen", unterbrach ihn Trautmann. Und, sanfter, zu seinem Oberstleutnant: „Das geht nicht gegen dich, Karli. Du bist auch einmal ein Uniformierter und dann *Kiberer* gewesen. Und weilst was drauf hast, vom *Pflasterhirschen* zum Leitenden aufgestiegen. Alle Achtung." Dann wieder mit Nachdruck: „Aber dass die Geschichte mit dem Museum und dem Nowatschek *meine* ist, da fahrt die Eisenbahn drüber. Und dass die Rautenschlager an einem Infarkt gestorben ist, den sie ohne den ganzen Scheiß entweder nie oder erst in zwanzig Jahren ’kriegt hätt, macht das Ganze noch mehr zu *meiner* Sache – wurscht, wer noch aller daran herumpfuscht.“

„Dann tu halt, was du nicht lassen kannst, du Sturschädel“, sagte der Oberstleutnant. „Setz dich halt mit dem nackten Arsch mitten in die Brennnesseln. Aber wenn du darüber deinen normalen Dienst vernachlässigst, hau ich dir in aller Freundschaft ein Disziplinar aufe und lass dich nach Neutürlhofen am Arsch der Welt versetzen.“ Damit verließ der Oberstleutnant das Zimmer und knallte die Tür hinter sich zu.

„Bumm!“, sagte Dolezal mit einem Grinsen.

Und Trautmann brummte: „Ein Hysteriker. Aber wenigstens ist die Tür jetzt zu.“ Er rollte sich sicherheitshalber gleich zwei Zigaretten, zündete eine an und sagte paffend zu Lassinger: „Allein bin ich nichts, Franzi. Und der, was gesagt hat, dass der Starke am mächtigsten allein ist, war ein Trottel.“

„Aber immerhin der Schiller“, warf Dolezal ein. „Ein Genie“.

Trautmann blieb unbeeindruckt. „Na und? Auch ein Genie kann ein Trottel sein, wenn es über Sachen schreibt, was es nicht versteht. Keiner kann alles allein machen. Zumindest zum Ein-bissl-an-die-Hand-Gehen braucht man wen.“

Er schaute Lassinger an. „Ich weiß, du bist verheiratet und hast Familie. Und ich bin allein und kann mit meiner Freizeit machen, was ich will. Aber trotzdem brauch ich hie und da eine Hilfe, und die kannst nur du sein.“

Am nächsten Tag rief Trautmann den Abteilungsleiter Hollndonner in der Kriminaldirektion an, mit dem er seinerzeit in der Polizeischule gewesen war.

„Du, Holli, ich weiß schon, dass die Museumsgeschichte euch von der *Dion* gehört. Aber mir gehört sie auch.“

„Das ist deine Meinung“, sagte Hollndonner, der seit seinem Eintritt in die Polizei den Spitznamen Holli hatte. „Aber ich denke, die Geschichte gehört uns allein. Weil es kann nicht die ganze Wiener Polizei in dieser Scheiße herumrühren."

„Eh nicht. Ist mir schon klar. Aber erstens bin ich der Trautmann und nicht die ganze Wiener Polizei, und zweitens wäscht noch immer eine Hand die andere. Und ich versichere dir, dass du von mir aus gerne berühmt werden kannst, wenn ich die Sache aufkläre, den Erfolg aber dir überlasse. Du kennst mich lang genug, dass du weißt, dass ich auf öffentliche Erfolge nicht mehr aus bin. Aber diese Geschichte betrifft mich persönlich, Holli. Nicht nur, weil sie in *meinem* Rayon passiert ist, sondern auch, weil ich sowohl mit dem *gemachten* Nowatschek als auch mit der Bedienerin Rautenschlager, die was durch einen Infarkt vor lauter Schrecken *die Schwalben gemacht* hat und jetzt mit einem Zettel an der großen Zehe in der Prosektur liegt, bekannt war." Und in dringlichem Ton: „Also, wie schauen wir jetzt aus? Hilfst mir?"

„Na ja, soll sein", brummte Hollndonner nach einer kurzen Pause ins Telefon. „Von mir aus." Und nach einer Weile: „Aber wenn ich dir was zukommen lass, dann hast du das auf keinen Fall von mir, klar? Ich will mich deswegen nicht mitten in die Scheiße setzen!" Und wieder brummend: „Außerdem – wir in der *Dion* wissen momentan kaum mehr als du."

„Ihr müsst aber schon mehr wissen! Die *EKD*-Leut haben doch alle möglichen Spuren sichergestellt, oder? Und der Paulaner muss euch doch auch was gesagt haben! Also red oder *scheiß Buchstaben*, Holli."

„Der Paulaner ... Was aus dem außekommen ist, kannst vergessen. Er hat einen Schock und kann sich nicht vorstellen, wer warum das Museum demoliert hat. Er hat uns nur gesagt, dass die P 38, die wir gefunden haben, legal dem Nowatschek gehört hat. Und dass er uns eine genaue Auflistung aller Exponate machen wird – und eine der Ausstellungsstücke, die möglicherweise verschwunden sind."

Trautmann ließ sich aber nicht so leicht abspeisen. „Aber“, bohrte er weiter, „der Erkennungsdienst muss euch doch schon was in die Hand gegeben haben!“

„Ja, aber das kannst vergessen“, brummte Hollndonner mürrisch. „Die Burschen haben das Haustorschloss ausgebaut und zerlegt und sagen, es ist nicht berühmt und einfach von einem Profi mit einem Dietrich aufgesperrt worden, weil es nur unter dem Mikroskop sichtbare Kratzer aufweist, die nicht von einem Schlüssel stammen. Und auf dem Knopf des Haustors ist eine Unmenge verwischter Fingerabdrücke.“

„Gut, o. k. Aber was für Spuren waren drinnen?“

„Eine Million Fingerabdrücke. Von der Putzfrau, die gestorben ist, vom toten Nowatschek und vom Hofrat“, sagte Hollndonner. Und mit leisem Lachen: „Und von ein paar so genannten Kriminalbeamten, die was an einem Tatort alles mit die nackerten Finger abtappen. Sie stammen von einem Oberstleutnant Sporrer und von einem Abteilungsinspektor Trautmann, zwei *Schoitln*, die du ja wahrscheinlich gut kennst.“

„Scheiße“, ärgerte sich Trautmann und fragte: „Und sonst?“

„Nur zwei Fingerabdrücke, die wir in der Kartei haben.“

„Von wem denn? Lass dir doch nicht jedes Wort aus der Nase ziehen, Holli!“

„Die kannst vergessen“, sagte Hollndonner. „Der eine gehört dem alten Ignaz „Nazl“ Wessely, den du gut kennst. Der ist aber im Rotlichtmilieu zuhaus und war früher auch beim *Stoß*, hat aber in seinem ganzen Leben noch keinen *Bruch* gemacht und kann einen Dietrich wahrscheinlich nicht von einem Federstiel unterscheiden. Und der andere ist vom Notwehr-Schurli recte Georg Fischerauer, der allerdings seit drei Wochen mit einem Magendurchbruch im Franz-Josef-Spital liegt. Dann gibt’s noch haufenweise verwischte Abdrücke, mit denen kein Mensch was anfangen kann. Sonst noch ein paar DNA-Spuren oder was die Kollegen dafür halten. Aber die sind in Innsbruck und es braucht, wie du weißt, seine Zeit, bis klar ist, ob man mit ihnen was anfangen kann."

Trautmann klemmte sich, während Hollndonner sprach, den Hörer zwischen Wange und Schulter, rollte sich eine Zigarette und zündete sie an. Er ließ den inhalierten Rauch durch die Nase ausströmen, als er sagte: „Dank dir schön, Holli, *alte Hütten*." Er setzte aber hinzu: „Vorläufig. Weil die DNA-Auswertung krieg ich ja noch von dir, sobald ihr sie habt. Dem Paulaner seine Liste will ich aber früher. Wegen der brauchst du dir keine Gedanken zu machen. Die kann jeder in der *Dion* kopiert und mir zukommen lassen haben. Also, servus, bis dann. Und grüß deine Frau schön von mir."

Nachdem er aufgelegt hatte, dachte Trautmann, dass er im Grunde gar nicht wusste, warum er die Liste aller Exponate verlangt hatte. Eine Aufstellung der unter Umständen fehlenden Gegenstände hätte ja schon genügt, weil unter diesen möglicherweise brauchbare Hinweise wären. Vielleicht war die Tatwaffe darunter, denn im Museum hatte es allerlei mögliche Werkzeuge gegeben, mit denen Bluttaten begangen worden waren. Konnte ja sein, dass … Dass was? Wahrscheinlich dass gar nichts, weil vermutlich nichts fehlte und nur das Museum ruiniert worden war.

In der Polizeischule und auch später im Kriminalbeamtenkurs hatten sie gelernt, dass zur Klärung eines Falles die so genannten sieben W erforderlich waren. Nämlich: Wer hat was wann, wo, wie, warum und womit getan. Bis jetzt wussten sie lediglich, was getan worden war, eventuell noch wo und wann, und das war eine sehr dünne Suppe. Wurde die im Laufe der Zeit nicht wesentlich dicker, konnten sie sie wegschütten. So schaute es vorläufig aus.

Den Rest des Tages verbrachten Trautmann und seine Gruppe mit Routinearbeit. Sie konnten zwei Einbrüche klären und die

Täter festnehmen, die beide infolge der hundertprozentigen Sachbeweise geständig waren. Es handelte sich um zwei angeblich aus dem Kosovo stammende junge Männer, die nach dem Unterschreiben ihrer Geständnisse ans Landesgericht 1 überstellt wurden, damit auch der U-Richter und die Staatsanwältin eine Arbeit hatten.

Am Abend besuchte Trautmann das „Marktcafé", aß dort ein Paar Würstel mit Senf und Kren und eine schon etwas zähe Semmel dazu, gönnte sich ein Bier und zwei *Kaffee mit Schuss* und ging dann zu Fuß die kurze Strecke zu seiner vernachlässigten und bereits desolaten Wohnung, die zu ihm wie ein Ei zum anderen passte. Denn auch sein Äußeres wirkte bereits desolat und, wie sein Stadthauptmann vor einigen Tagen bemerkt hatte, nicht standesgemäß für einen Kriminalbeamten, der zudem noch Gruppenführer war.

Trautmann latschte nämlich in schwarzen Halbschuhen herum, die mit der Zeit den gleichen Grauton wie seine Parkajacke, die vor Jahren einmal beige gewesen war, angenommen hatten. Auch die Farbe seiner ehemals schwarzen Jeans schwankte, durch das viele Waschen, zwischen gräulich und undefinierbar, ganz zu schweigen davon, dass er längst keine Hemden, sondern nur mehr einigermaßen *versudelte* Pullis oder T-Shirts trug. Er rasierte sich nur mehr jeden zweiten Tag das Gesicht und einmal im Monat den Kopf und bot das Bild eines an der Schwelle zum Altsein stehenden allein lebenden Mannes, dem absolut egal war, wie er ausschaute.

5

Es war schon zwei Uhr früh und es regnete jetzt stärker, obgleich die Meteorologen im Fernsehen eine sternklare Nacht vorausgesagt hatten.

Trautmann saß, in Rauchwolken gehüllt, in seinem Wohn- und zugleich Schlafzimmer und schaute auf den gegen das einzige Fenster des Raums prasselnden Regen. Auf seinem Tisch standen ein überquellender Aschenbecher und eine halb volle Schale längst erkalteten Instantkaffees neben einer bereits arg zerfledderten Broschüre mit Koans. Es handelte sich um eine Übersetzung aus dem Japanischen namens Mumonkan, die achtundvierzig Zen-Koans aus dem China der Tang-Zeit enthielt. Der ursprüngliche chinesische Titel war *Wu-men-kuan*, auf Deutsch *Der Pass ohne Tor.*

Trautmann las allerdings nicht in der Broschüre, sondern meditierte kettenrauchend über das nicht in der Schrift enthaltene Koan *Das Klatschen einer erhobenen Hand*, dessen Aussage sich ihm aber entzog, wahrscheinlich, weil Rauchen und Meditieren nicht zusammenpassten.

Natürlich konnte jeder es hören, wenn eine Hand auf irgendetwas aufklatschte, aber das war ja nicht gemeint. Der Meister verlangte von seinem Schüler, dass dieser das Klatschen einer in die Luft erhobenen Hand hören sollte, was zwar nicht mit dem Verstand, aber mit Geist und Herzen zu erfassen war – was Trautmann wie gesagt noch nicht gelungen war.

Dann hörte Trautmann eine Notbremsung und ein Krachen, stand auf, schaute aus dem Fenster und sah, dass ein Pkw gegen die gegenüberliegende Hausfront gefahren war. Der Lenker war aus dem Wagen geschleudert und offensichtlich verletzt worden.

Also rief Trautmann die Polizeinummer 133 an, um den Unfall zu melden, und hörte, dass schon vor ihm jemand angerufen hatte. Er legte den Hörer auf – und *wusste* plötzlich, wie das Klatschen einer erhobenen Hand zu hören war; hatte diese unvermittelte, durch irgendeinen Zufall ausgelöste Erkenntnis und erfasste die in allen Koans verklausulierte buddhistische Wahrheit, die mit Worten nicht zu beschreiben war. Und erkannte gleichzeitig, genauso intensiv, wo im Fall Kriminalmuseum die Wahrheit zu finden war.

Wer immer der Täter war – vielleicht waren es auch mehrere gewesen –, er hatte hundertprozentig nichts stehlen wollen und den Hausverwalter Nowatschek nur umgebracht, weil er ihm zufällig in die Quere gekommen war.

Das Ziel des Einbruchs lag in der Vernichtung eines Exponats. In der Unsichtbarmachung und Auslöschung eines Dokuments, das mit dem Täter oder den Tätern zu tun hatte – und das fremde Leute, wie sie die Museumsbesucher waren, aus welchen Gründen immer nichts anging.

Der *Schlüssel* zur Lösung des Falles war die Ermittlung des Täters oder der Täter.

Es konnte sein, dass derjenige, der auf die Zerstörung des einen Exponats aus war – oder diejenigen –, allein und aus persönlichen Motiven oder im Auftrag eines anderen gehandelt hatte ... Nein, der Grund waren persönliche Motive. Da fuhr die Eisenbahn drüber.

Und was folgte daraus? Dass er, der alte Hund Trautmann, die von Hofrat Paulaner zu erstellende Liste aller Exponate durchackern musste. Er musste jedem Beleg einer kriminellen Tat, etwa vom Jahr 1900 an, nachgehen.

Natürlich konnte es keinen noch lebenden Täter aus dem Jahr 1900 mehr geben. Es konnte sich aber um einen Nachfahren handeln, der seinen Namen nicht in Zusammenhang mit einem Mord sehen wollte.

Wahrscheinlicher war jedoch, dass das Exponat zu einem Fall ab 1950 oder später gehörte. Wenn das stimmte, gab es wieder zwei Möglichkeiten: Der Täter im Fall, um den es ging, saß entweder noch ein oder war bereits wieder frei. Andererseits war es nicht sehr wahrscheinlich, dass derjenige, der für die Zerstörung des Museums und den Tod des Hausverwalters verantwortlich war, der *Galerie*, also den amtsbekannten Straftätern, angehörte. Denn die *Galeristen* hatten kein Interesse an einem Versinken in Vergessenheit, sondern legten meist großen Wert darauf, nicht nur in einschlägigen Kreisen, sondern auch in der Öffentlichkeit bekannt zu sein.

Trautmann erinnerte sich in diesem Zusammenhang an einen altgermanischen Text, den er vor vielen Jahren gelesen hatte und in dem es hieß: Das Vieh stirbt, die Freunde sterben, und endlich stirbt man selbst. Eines aber bleibt für immer bestehen: der Toten Tatenruhm.

Die heimische *Galerie* bestand zwar nicht aus Germanen – aber eines hatten ihre Mitglieder, soweit sie nicht unbedeutende Handlanger oder Billigsdorfer-Täter waren, gemeinsam: Sie waren stolz auf ihren, wie es seit Neuestem in amerikanisiertem Neudeutsch hieß, *Pedigree*, den Stammbaum, der alle ihre abgesessenen Strafen enthielt und so das altertümliche Kerbholz ersetzte.

Drei Tage später erhielt Trautmann von seinem Kollegen Hollndonner eine Kopie der Liste aller Exponate, die Hofrat Paulaner für die Kriminaldirektion angefertigt hatte.

Sie umfasste mehr als hundert dokumentierte Kriminalfälle, deren Exponate von dem Täter entweder ganz oder teilweise ruiniert worden waren.

Nur ein Gegenstand fehlte, nämlich ein Messer mit welliger, dreißig Zentimeter langer Klinge, das in einem zu Pfingsten 1867 in der Haydngasse in Gumpendorf, heute Teil des 6. Wiener Gemeindebezirks, begangenen Mordfall die Tatwaffe gewesen war. Es handelte sich um einen Raubmord. Der jungen Elise Kolb war mit diesem eigens für die Tat präparierten Messer von dem Schustergehilfen Albert Troll die Kehle durchgeschnitten worden. Troll und seine Freundin Katharina Petrsilka hatten das Verbrechen aus Habgier begangen. Die beiden waren damals zu lebenslanger Haft verurteilt worden. Das Messer war mit anderen *Asservaten* in einer der zerbrochenen Glasvitrinen ausgestellt gewesen.

Polizeiarzt und Gerichtsmediziner hatten sich bezüglich des Tatwerkzeugs im Fall des Kriminalmuseum-Mordes nicht geirrt. Es war ein ausgezackter stählerner Gegenstand gewesen – wenn auch keine schartige Sense, die der Polizeiarzt als Möglichkeit in Betracht gezogen hatte.

Am selben Tag traf auch der Befund über die im Kriminalmuseum und die am Körper des ermordeten Hausverwalters sichergestellten DNA-Spuren ein. Sie waren miteinander ident, schienen aber weder in der Innsbrucker noch in einer anderen der in Europa bereits vorhandenen Dateien auf.

6

Trautmann kam vorläufig nur dazu, sich Paulaners Auflistung der Exponate flüchtig anzuschauen. Sie begann mit Fällen aus dem 16. Jahrhundert und endete in den 90er Jahren des vorigen, des 20. Jahrhunderts.

Er konnte sich an Fälle ab den frühen 80er Jahren erinnern, besonders an den des so genannten Hackenattentäters Schnack, der, ohne nachvollziehbares Motiv, im Frühjahr 1983 in der WC-Anlage der U-Bahn-Station Schottenring ein elfjähriges Mädchen mit einer Hacke attackiert hatte.

Trautmann war damals ein junger Sicherheitswachebeamter und dem Wachzimmer Gonzagagasse zugeteilt gewesen, das sich in unmittelbarer Nähe der U-Bahn-Station befunden hatte.

Am 16. März 1983, um 16.45 Uhr, war die junge Caroline Härtl in eine Kabine der Damentoilette und danach zum Waschbecken gegangen, als ein Mann die Toilette betreten und aus seiner Jacke eine dreißig Zentimeter lange Hacke gezogen hatte. – Er schlug damit auf Caroline ein. Die Schläge waren gegen ihren Kopf gerichtet, wobei sie schwere Verletzungen und, weil sie die Hände schützend über den Kopf hielt, auch eine Abtrennung von vier Fingern erlitt. Sie ließ sich geistesgegenwärtig zu Boden fallen und stellte sich tot, worauf der Mann aus der Toilette ging, die blutige Hacke jedoch liegen ließ.

Caroline gelang es, sich trotz ihrer schweren Kopfverletzungen aus der Toilette zu schleppen und Passanten auf sich aufmerksam zu machen. Trautmann, der zu Fuß Rayonsdienst versehen hatte, war fast unmittelbar danach am Tatort gewesen und hatte von dem verletzten Mädchen, ehe es von der Rettung weggebracht wurde, eine Personenbeschreibung des Täters erhalten. Demnach handelte es sich um einen etwa 1,80 Meter großen, schlanken, schwarzhaarigen Mann.

Durch Veröffentlichung gezielter Informationen in Presse und Fernsehen konnte anhand der Hacke und der, wie sich herausstellte, ziemlich genauen Personenbeschreibung Karl Heinrich Schnack ausgeforscht werden. Er wurde zu fünfzehn Jahren Haft verurteilt, erhängte sich aber nach ein paar Monaten in seiner Zelle.

Trautmann sah ein, dass ihm die Auflistung Paulaners, die ja nur Namen von Personen und Exponaten enthielt, im Grunde wenig nützte. Er würde Paulaner kontaktieren und mit ihm ausführlich sprechen müssen, um vielleicht eine brauchbare Information zu bekommen. Zusätzlich würde es notwendig sein, eines oder zwei Bücher zu lesen, in denen Paulaner über Kriminalfälle geschrieben hatte. Und er würde auch in einer neuen, noch inkompletten Polizeidatei, in der alle Morde aufgelistet waren, stöbern. Das konnte allerdings auch der Neue der Gruppe, Lassinger, machen.

Falls er die Datei infolge Nichtzuständigkeit nicht würde öffnen können, musste eben er, Trautmann, mit seinem alten Kollegen Hollndonner reden, der zu dieser Datei ja Zugang hatte. Vielleicht fand sich unter den Fällen, in denen jemand aufgrund einer durchschnittenen Kehle ums Leben gekommen war, was Brauchbares. Und er musste auch ermitteln, wer von den verurteilten Straftätern, die in Frage kamen, noch einsaß oder überhaupt noch lebte.

Jedenfalls gab es beschissen viel zu durchforsten. Besonders für einen Einzelgänger, der sozusagen mehr oder weniger privat und hobbymäßig Ermittlungen anstellte.

Heute würde er allerdings gar nichts unternehmen können, weil es im Wurstelprater ein großes Integrationsfest mit Umzug gab, bei dem es laut vertraulichen Informationen zu einer

Demonstration von Neonazis und/oder Skinheads kommen würde. Es würde im Prater daher jede Menge Polizei geben, darunter natürlich nicht nur Uniformierte, sondern auch Kriminalbeamte. Aus seinem *Koat* Zentrum Ost waren jedenfalls vier Uniformierte und die Kriminalbeamtengruppe 4 zu diesem Fest abkommandiert worden.

Achtzehn Stunden später wusste Trautmann, dass das große Polizeiaufgebot für das Praterfest nicht nötig gewesen war. Die zu vielen Polizisten hatten leere Kilometer und teilweise einen Haufen Überstunden hinter sich, aber zu Vorfällen war es nicht gekommen.

Das Fest hatte bei heuer ausnahmsweise einmal nicht regnerischem Wetter und unter großer Beteiligung der Bevölkerung stattgefunden und wieder einmal gezeigt, dass die Wiener unbedingt dabei sein mussten, wenn irgendwo etwas los war. – Und es spielte dabei keine Rolle, was wo los war.

Ob das ein Besuch der Queen Elizabeth war oder eines anderen gekrönten Hauptes, das trotz allen blauen Blutes auch nur zwei Nasenlöcher hatte, die Heimkehr eines erfolgreichen Sportlers, die Hochzeit eines zweitrangigen, aber populären Schauspielerpaars, ob es sich um einen der zahlreichen *Tage irgendeiner offenen Tür* handelte, um einen kirchlichen Umzug oder den Papstbesuch, den 1.-Mai-Aufmarsch der SPÖ, die Einweihung einer großen öffentlichen Bedürfnisanstalt oder das Begräbnis eines wirklichen oder auch nur angeblichen Prominenten: Der Wiener musste dabei sein, sonst hätte sein eigenes, unbedeutendes Leben keinen Inhalt.

Deshalb hatte auch beim Integrationsfest wüstes Gedränge geherrscht, obgleich der echte Wiener für die massenhafte Integration von Ausländern, die seiner Meinung nach größtenteils Rauschgiftdealer, Einbrecher, falsche Asylsuchende, Erzeuger von viel zu vielen ausländischen *Bankerten*, Kopftuchträgerinnen oder potenzielle islamische Terroristen waren, keine allzu freundlichen Gefühle hegte. Hauptsache, es tat sich was und man bekam, wenn man Glück hatte, Gelegenheit, dem leutseligen Wiener Bürgermeister oder einem anderen hohen Politiker die Hand zu schütteln.

Trautmann, Dolezal und Lassinger hatten sich entlang der Hauptstraße des Wurstelpraters, der Straße des Ersten Mai, die von Buden, so genannten Attraktionen und Spielhallen gesäumt war, postiert und sich den großen Umzug angesehen.

Voran marschierte eine Blaskapelle des Bundesheers, hinter der der Wiener Bürgermeister – der, obgleich nicht der 1. Mai, sondern der 11. September war, eine rote Krawatte und eine gleichfarbige Nelke im Knopfloch trug – beschwingten Schritts und gefolgt von einigen Stadträten und Leibwächtern ging; obgleich er keinen Wert auf Leibwächter legte, die man in Wiener *Galeriekreisen* viel anschaulicher als *Buckeln* bezeichnet, weil diese Leute im Notfall ihren Rücken, auf Wienerisch *Buckel*, für die zu schützende Person hinhalten müssen. Nach den Prominenten folgten ein offener Lastwagen mit einer nicht mehr jungen Dixielandband, dann eine Gruppe von Sambatänzerinnen mit eigener Kapelle, alle möglichen Kostümierten, wieder eine Blaskapelle, die an die fünfzig österreichische Trachtenträger anführte, und zum Schluss etwa hundert ebenfalls trachtentragende und sowohl österreichische als auch die Fähnchen ihrer Herkunftsländer schwenkende schön gekleidete Kinder jeden Alters. Dazu kamen noch drei riesige Clowns in luftgefüllten Azügen, die an die im Spalier stehenden Kinder Süßigkeiten verteilten.

Es herrschte allgemeine Freude und Begeisterung, und die wenigen und kleinen Gruppen von Skinheads und Jugendlichen türkischer Herkunft oder aus den Ländern des ehemaligen Jugoslawien beschränkten sich wegen des großen Polizeiaufgebots darauf, den Umzug nur aus der Ferne anzuschauen. Sie würden sich vielleicht in der Nacht, nachdem das Fest vorbei war, gegenseitig die Augen blau oder ein paar Löcher in die Köpfe hauen. Aber vorläufig war noch alles friedlich, hatten die vielen Gasthäuser regen Zulauf und auch die Ringelspiele, Autodrome und mehr oder weniger aufregenden Attraktionen genügend Fahrgäste, weil sie ausnahmsweise nur halbe Preise verlangten. Und auch die Züge der vom Riesenrad bis zum Ernst-Happel-Stadion am Rande des Grünen Praters fahrenden Liliput-Bahn waren gut besetzt. Die immer mehr sich wie Kaninchen vermehrenden Spielhallen konnten den Andrang kaum bewältigen. Es gab bereits erste Alkoholleichen und Kollapse, die Leute der Berufs- und anderer Rettungen blieben nicht unbeschäftigt.

Nach dem Umzug durchstreiften Trautmann, Dolezal und Lassinger, jeder für sich, den Wurstelprater, um, wenn das Fest auch friedlich ablief, nach den sicher anwesenden Stänkerern und Taschendieben Ausschau zu halten. Dolezal und Trautmann gelang es auch, unabhängig voneinander zwei polizeibekannte Taschendiebe, wie es amtlich hieß, auf *frischer Tat zu betreten* und festzunehmen; sie wurden den uniformierten Kollegen übergeben. Lassinger ging leer aus, hatte aber wenigstens Gelegenheit, den Wurstelprater zumindest einigermaßen kennen zu lernen. Der war natürlich etwas anderes als die wenigen Linzer Feste, auch wenn es dort Ringelspiele und bescheidene Buden gab. Denn heute tummelten sich im Prater beinahe so viele Leute, wie Linz Einwohner hat.

Besonders voll waren die Lokale, darunter der riesige Schanigarten des Schweizerhauses, eines der berühmtesten Gasthäuser nicht nur Österreichs, sondern Europas. Im Schanigarten hatten hunderte Gäste Platz, gab es mehr als ein Dutzend Kellner, die ununterbrochen Bier, gebratene Stelzen und andere Gerichte servierten. Und vor dem Schweizerhaus drängten sich ebenfalls nicht wenige Leute, die darauf warteten, dass drinnen ein Platz frei würde.

Gegen Abend gingen Trautmann, Dolezal und Lassinger auch ins Schweizerhaus.

Das war Trautmanns Idee gewesen, denn er wusste, dass die maßgebenden Leute der Wiener *Galerie* ebenfalls im Schweizerhaus waren. Es waren natürlich nicht mehr so viele wie vor Jahren, denn auch auf dem Gebiet der versteckten oder offenen Kriminalität drängten wie in vielen anderen Bereichen die Ausländer nach, die in dieser Runde ebenso wie die Gattinnen der Herren unerwünscht waren.

Heute wurde der 75. Geburtstag des Matthias, wienerisch Motzl, Gramberger, einer legendären Figur der Unterwelt, gefeiert. Als Motzl noch ein blutjunger *Buckel* gewesen war, war er dem bekannt schnell schießenden Notwehr-Krista zuvorgekommen und hatte ihm, ehe der seine Waffe ziehen konnte, ein blaues Auge verpasst und zwei Jacketkronen ausgeschlagen.

Heute konnte von so was keine Rede mehr sein. Der Motzl war dick und unbeweglich geworden, hatte Probleme mit der Prostata und daher den dafür typischen etwas zappelnden Gang. Außerdem hatte er sich, wie er behauptete – was aber nur teilweise stimmte –, aus dem Geschäft zurückgezogen und bestritt seinen Unterhalt angeblich aus seinen regelmäßigen Gewinnen bei Pferderennen.

Außer den echten *Galeristen* waren einige bekannte Rechtsanwälte da, die als eingeführte, meist erfolgreiche Vertreter in Strafsachen mehr oder weniger zur Gesellschaft gehörten.

„Jetzt wirst eine interessante *Partie* kennen lernen, Franzi", hatte Trautmann zu Lassinger gesagt. „Wir gehen jetzt zu lauter Leut, die in Wien was zu sagen haben. Bei ein paar hat die Liste ihrer Vorstrafen, ihr *Pedigree*, den Umfang eines mittleren Telefonbuchs. Aber die wirklich Großen sind zwar polizeibekannt, aber nicht vorbestraft, weil sie intelligent genug sind, um andere für sich die Drecksarbeit machen zu lassen. Und von den Großen versprech ich mir, dass sie mir bei der Museumsgeschichte ein bissl einen *Zund* geben. Wenn der Täter von der Großen Sperlgasse nicht ein unbekannter Irrsinniger war, so war es einer, der in diesen Kreisen zumindest ein bissl bekannt ist und sich vielleicht irgendwann verredet."

Dolezal teilte Trautmanns Ansicht nicht. „Du mit deiner krankhaften Sturheit wirst uns noch alle in ein Disziplinar hineinreißen. Hundertprozentig. Da können dir die aus der *KrimDion* hundertmal sagen, dass die Geschichte ihnen gehört. Das ist dir so wurscht wie nur was."

„Richtig, Burschi", brummte Trautmann, „Bingo. Jeder kann das reden, was er glaubt. Und tun, was er glaubt, er muss es tun. Ich weiß, dass die Geschichte mir gehört, und wenn si die anderen *an Haxen ausreißen*. Wenn du nicht willst, kannst ja draußen bleiben."

Und zu Lassinger: „Das gilt auch für dich, Franzi. Wennst glaubst, dir ist das ungut, dann bleib auch draußen. Dann mach ich es eben allein. Mit ins Schweizerhaus gehst trotzdem, damit du die Leute kennen lernst, mit denen wir es zu tun haben. Mit denen müssen wir nämlich, ob wir wollen oder nicht, hie und da zusammenarbeiten. Nach dem Motto ‚Eine Hand wäscht die andere.' Es gibt immer Bagatellsachen, die man vergessen kann, wenn man dafür was *Nahrhaftes* zu hören kriegt. Das wird in Linz genauso sein. Und nicht nur in Linz, sondern überall in der Welt. Wir Polizisten sind keine Hellseher und auf eine gewisse Mitarbeit angewiesen, wenn wir uns in eine Sackgasse verrannt haben."

Als die drei ins Schweizerhaus kamen, nickte Trautmann der Besitzerin und einigen Kellnern zu und ging dann sofort zum Aufgang in den ersten Stock, wo die *Galerie* ihre Geburtstagsfeier für den Motzl abhielt.

7

Im Oberstock des Schweizerhauses ging es hoch her.

Vor einigen Monaten hatte es im Schweizerhaus noch gebrannt. Jemand hatte an mehreren Stellen Feuer gelegt, wodurch fast das gesamte Inventar vernichtet worden war. Aber jetzt waren alle Schäden beseitigt und bis auf die an den Wänden hängenden alten Emailreklametafeln für Biere war alles wie früher.

Das beliebte Budweiser Bier, das wie Nektar durch die Kehle rinnt und von dem jeder mehrere Krügel zu trinken pflegt, floss in Strömen; es gab aber auch verschiedene Weine und vor allem jede Menge Essen, und die Kellner eilten wie ihre Kollegen im Schanigarten ständig mit vollen Tabletts hin und her.

An einer Wand hatte man ein kleines Podium errichtet, auf dem eine Combo Schlager aus längst vergangenen Zeiten spielte. Als Sänger hatte man den legendären Mandy von den seinerzeitigen Bambis engagiert. Mandy sang alle seine alten *Hadern*, wie *Melancholie im September*, *Nur ein Bild von dir* und viele andere, die sich der alte Motzl ausdrücklich gewünscht hatte, weil sie nicht nur ihn, sondern auch die anderen, gleichaltrigen *Galeristen* an ihre frühen Jahre und an Geschichten erinnerten, die für sie noch immer lebendig, für die Jüngeren aber so vergangen und tot waren, als wären sie nie gewesen.

Das sah man auch den zahlreichen *Buckeln* an, deren Ältester kaum vierzig war, und die zwar dasaßen und sich den Mandy anhörten, aber mehr oder weniger gelangweilt dreinschauten, während ihre Bosse, die alten Herren, traumverloren in eine Zeit versunken waren, die es nur mehr in einschlägigen Artikeln der kriminalhistorischen Literatur und in verstaubten Akten von Polizei und Gerichten gab.

„Schau dir die Leut da gut an, Franzi“, sagte Trautmann zu Lassinger. „Und merk dir die Gesichter.“

Dolezal lachte kurz auf. „Für was soll er sich die alten *Schneebrunzer* anschauen? Die Zombies sind doch alle längst drüben und wissen es nur nicht.“

Trautmann rollte sich eine Zigarette, zündete sie an, paffte und winkte allen und keinem im Raum zu. „Hör nicht auf den Burschi“, sagte er zu Lassinger. „Der junge *Schnellspritzer* weiß ja nicht, was er sagt. Er hat noch die Striemen von seiner Schultasche auf den Schultern und will über Leut reden, die schon wer waren, als er selber noch *in Abrahams Wurschtkessel* geschwommen ist. Ich, der ich selber ein alter Hund bin, sag dir, o. k., die Burschen sind heut alt und schäbig, aber sie reden in der *Galerie* noch immer mit. Und man kann mit ihnen, was für unsereins wichtig ist, auch reden. Sie sind immer noch am Drücker und, was auch wichtig ist, *frank. Frank* heißt bei uns in Wien ehrlich und man meint damit Leut, was zwar tonnenweise Dreck am Stecken haben, die dir aber nicht von hinten kommen und ’s Messer einehauen. Wenn den Burschen da was an dir nicht passt, dann sagen sie es dir ins Gesicht. Und wenn sie dir eine Mahnung zukommen lassen, dann tun sie das nur einmal, und wennst dann gegen sie den Weltmeister spielen willst, schicken sie dir einen von ihren *Buckeln*, der was dich dann katholisch macht.“

„Hör nur auf das, was dir der Trautmann sagt“, meinte Dolezal grinsend zu Lassinger. „Und merk es dir gut. Weil der glaubt, dass jedes Wort, was von ihm zu einem Neuen kommt, so was wie der *Katechismus für Kiberer* ist.“

„Der Burschi hat Recht“, brummte Trautmann. „Sonst ist ja das meiste, was er *babbelt*, Blödsinn – aber in dem Punkt hat er Recht. So, und jetzt gehen wir zu die Leut und ich mach dich mit ihnen bekannt.“

Nach einer Viertelstunde hatten die Kriminalbeamten jedem der alten Herren die Hand gedrückt und Lassinger war als junger Kollege, der zwar aus Linz kommt, aber in Ordnung ist, vorgestellt worden. Trautmann setzte sich an den Tisch des Geburtstagskinds, während Dolezal und Lassinger an einem der wenigen freien Tische Platz nahmen.

Dolezal bestellte für sich und Lassinger die berühmten gebratenen Stelzen des Hauses und je ein Krügel Budweiser, und Trautmann brummte zu Motzl Gramberger: „Motzl, *alte Hütten*, gehen wir einen Sprung *aufs Häusl*."

Das *Aufs-Häusl-Gehen* war eine uralte Praxis im Milieu und bedeutete, dass man entweder was miteinander zu reden oder brachial auszutragen hatte, was andere nichts anging. Eingeweihte könnten ein dickes Buch darüber schreiben, was *am Häusl* alles gelaufen war.

Dort waren die Rayons der verschiedenen *Stoßpartien* – eines verbotenen Kartenspiels, bei dem vorwiegend unwissende Deppen oder Provinzler ausgenommen wurden – festgelegt oder neu eingeteilt worden, dort war geregelt worden, welcher Zuhälter wo seine Huren auf den Strich schicken durfte, und außerdem alles, was eines Gesprächs unter vier Augen bedurfte.

Aber heute läuft auch das anders, gehört das *Aufs-Häusl-Gehen* mehr oder weniger der Geschichte an.

Motzl, der gerade andachtsvoll dem Mandy zuhörte, sagte, kaum die Lippen bewegend: „Ich muss jetzt nicht *brunzen*. Außerdem möchte ich dem Mandy zuhören."

„Dann horch. Aber wenn er fertig ist, gehen wir. Ich muss mit dir was reden, was ich eigentlich nicht dürfte. Es ist mir aber wichtig."

Motzl schaute Trautmann kurz an, der eines seiner unteren Augenlider hinunterzog. „Na, gut. Später."

Als Mandy sein Lied zu Ende gesungen hatte und eine kurze Stärkungspause für die Künstler ansagte, stand Motzl Gramberger mühsam auf, schaute einen seiner *Buckel* an und ging in Richtung Toiletten.

Der *Buckel* und Trautmann folgten ihm. Dann gingen Motzl und Trautmann ins WC, während sich der riesige *Buckel* vor die Tür stellte, um etwaige Klogeher entweder mit einem „Jetzt nicht!“ oder „’s Häusl ist momentan kaputt!“ wegzuschicken.

Motzl wartete, bis ein vor der Pissmuschel Stehender fertig war und ging. Dann sagte er: „Also, was gibt’s, Trautmann? Red, aber mach es nicht zu lang, weil ich meinen Geburtstag nicht mit dir *am Häusl* verbringen will.“ Und noch einmal: „Um was geht’s?“

„Darum, dass irgendwer das Kriminalmuseum demoliert und zum Drüberstreuen noch den Hausverwalter Nowatschek *gemacht* hat. Und die Bedienerin Rautenschlager dazu, weil die einen Infarkt gekriegt und *eine Schwalben gemacht* hat, wie sie den Nowatschek liegen gesehen hat.“

„Na ja“, sagte Motzl. „Hin und weg ist ein Dreck. Und was lebt, *beutelt irgendwann einmal die Patschen*. Es gibt eh zu viele Leut auf der Welt. Aber warum erzählst das mir? Ich hab damit nichts zu tun.“

„Eh nicht, Motzl. Logisch nicht! Aber du bist erstens auch *vom Grund* und hast den Nowatschek und die Rautenschlager gut gekannt. Und zweitens war ja das Kriminalmuseum der beste *Pedigree*, was ihr habt haben können. Alles, was Rang und Namen gehabt hat, ist dort für immer dokumentiert gewesen. – Und wo ist es jetzt? Im Müllcontainer. Weg vom Fenster, wie wenn es nie gewesen wär.“

„Ja, ewig schade“, sagte Motzl, spürte plötzlich einen Harndrang, stellte sich vor eine Muschel und pisste hinein. „Ewig schade“, wiederholte er. „Aber auf der anderen Seite ist über mich eh nichts im Museum gezeigt worden.“

Er zog den Reißverschluss seiner Hose zu und überlegte kurz. „Andererseits“, brummte er, „geht mir das Ganze schon gegen den Strich. Ich hab mit ein paar Kollegen darüber geredet. Am Tag, nachdem das passiert war. Und wir sind doch irgendwie *angfressen*. Wo kommen wir denn da hin, wenn in *unserem* Bezirk irgendein Arschloch hingeht und das einzige Museum, was es über uns gibt, demoliert."

„Eh klar, Motzl. Das hab ich mir ja gedacht."

„Aber was willst denn jetzt von mir? Soll ich für den Hofrat das Museum wieder aufbauen oder sponsern oder was?"

„Nein. Aber du und deine Leut, ihr sollt euch umhören, ob wo was über den Hurenhund durchsickert, der das gemacht hat. Ich meine, geredet wird ja viel und über alles. Über Sachen, die keine Sau interessieren, aber auch über solche, was *nahrhaft* sind. Und falls du was hörst, lass es mich wissen, Motzl. Du und deine Leut, ihr sollt allerdings eure Finger von der Geschichte lassen. Weil die gehört mir. *Mir*, Motzl, und weder euch noch den Hundstrümmerlaufklaubern von der Kriminaldirektion."

Motzl Gramberger nickte kurz. „Mach, was du glaubst, Trautmann. Wenn mir was zu Ohren kommt, kriegst du es. Hand drauf."

Gramberger ging bereits zur WC-Tür, als er sagte: „Ich hab noch nie einen *einelassen* und nie gegen einen ausgesagt. Ich war früher ein kleiner Nachtlokalbesitzer und tu jetzt privatisieren, interessiere mich nur mehr für Pferde, weil mir die Menschen schon lang *am Arsch gehen*. Ich bin bei der Geschicht aus dem Spiel. Und die anderen Burschen auch. Wir wollen nichts wie unsere Ruh, weil wir eh schon genug *Zores* mit die ganzen Ausländer haben."

Und abschließend: „So. Jetzt gehen wir auße und feiern meinen Geburtstag, wie es sich gehört. Fünfundsiebzig wird nicht jeder, und wenn, dann auch nicht alle Tage."

Die Feier zog sich bis nach Mitternacht hin und es wurde ausgesprochen lustig. Als man auseinander ging, hatten die meisten nicht nur einen Schwips, sondern von den vielen Krügeln Budweiser auch einen enormen Druck auf der Blase. Und alle Bäuche waren bis zum Bersten gefüllt.

Um 2.15 Uhr klappten die Autotüren, rollten die oft teuren Wagen der Feiernden durch den bereits menschenleeren Wurstelprater in Richtung Praterstern, auf dem der einzige österreichische Seeheld Tegetthoff, von schlafenden Tauben besetzt, noch immer ins Nirgendwo schaute.

Lassinger telefonierte, während er sich auf den Heimweg machte, zum wiederholten Mal an diesem verlängerten Abend mit seiner Frau, damit die sich wegen seines Wegbleibens keine Sorgen machte.

Dolezal, dessen übertragener Sportwagen in Reparatur war, nahm sich ein Taxi.

Und Trautmann ging gemütlich über den Praterstern, die Praterstraße und die Taborstraße bis zum Karmeliterviertel und ins Dienstzimmer der Gruppe 4. In seine Wohnung zu gehen, hatte er nicht die geringste Lust. Und im *Koat* lag ja Paulaners umfangreiche Liste, die er zu durchforsten hatte.

Das war eine Scheißarbeit und brachte möglicherweise kein Ergebnis. Andererseits war die Arbeit eines Kriminalbeamten oft wie die des legendären Sisyphos, der seinen Stein nur zu dem Zweck immer wieder bergauf rollte, damit der vom Gipfel wieder ins Tal kollerte. Kriminalbeamter oder, wie man mundartlich sagte, *Kiberer* sein, das waren tausende von leeren Kilometern, unzählige Tag- und Nachtstunden Arbeit, die oft genug in einer Sackgasse endete.

Wer das nicht in Kauf nehmen wollte, hätte eben irgendein Angestellter, Arbeiter, Post- oder Ministerialbeamter oder Beamter bei der MA 48, unter anderem für die Müllabfuhr zuständig, werden sollen.

Es musste Typen wie ihn, Trautmann, geben, die auf keine geregelte Arbeitszeit schauten und die, solange sie im Dienst waren, im Müll herumwühlten, den menschlicher Abschaum hinterlassen hatte. So war das, und da fuhr nicht nur die Eisenbahn, sondern da fuhr alles drüber, was Räder hatte.

8

Es war bereits wieder nach Mitternacht und Trautmann saß noch immer im *Koat*, rauchte, trank Kaffee und dachte gleichzeitig an nichts und alles. Die Gedanken jagten durch sein Gehirn und er ließ sie dahinjagen, weil er wusste, dass das Jagen von selbst aufhören würden. Erst wenn das Gehirn frei von anderem war, konnte er sich mit dem befassen, was ihm wichtig war.

Vor Trautmann lag die Liste Paulaners. Bevor er sie aber durchsah, rief er sich das Kriminalmuseum ins Gedächtnis zurück, und er sah dessen Räume so deutlich vor sich, als ob er selber in ihnen stehen würde. Er sah einen Schemen, der die Wände und Exponate zerstörte, und hörte den Lärm, den dieser produzierte; sah dann den Nowatschek, bloß im Bademantel und mit der P 38 in der Hand hereinkommen, der den Schemen überraschte; sah, wie sich dieser nach dem Schartenmesser auf dem Boden bückte und es dem Nowatschek quer über die Kehle zog.

Während er sich wieder eine Zigarette rollte, verschwanden die Bilder. Sie wurden von vagen Gedanken abgelöst, kamen aber zurück und setzten sich fest.

Sie alle hatten bisher angenommen, dass der Täter aus irgendeinem Grund das Museum hatte ruinieren wollen und die Ermordung Nowatscheks nur auf dessen unvermutetes Auftauchen hin geschehen war. Weil Nowatschek vielleicht den Täter gekannt hatte, jedenfalls aber dessen Gesicht gesehen hatte und ihn zu identifizieren vermocht hätte. Es gab solche Fälle. Zwar selten, aber doch.

Aber andererseits gab es noch eine Möglichkeit, die sie alle bisher übersehen hatten.

Konnte es nicht sein, dass der Täter es nicht auf das Museum, sondern auf den Nowatschek abgesehen hatte? Dass er diesen in die Museumsräume gelockt hatte, um eine Rechnung zu begleichen – und erst dann, um die Ermittler zu verwirren, die Räume verwüstet hatte? Damit man glaubte …

Natürlich war diese Idee ausgefallen und womöglich zu weit hergeholt. Aber sie konnte etwas bringen. Es hatte schon Fälle gegeben, die noch unwahrscheinlicher gewesen waren, wie zum Bespiel …

So weit gekommen, interessierte Trautmann Paulaners Auflistung zumindest für den Augenblick nicht mehr. Er drückte seine Zigarette aus, schüttete den übervollen Aschenbecher in den Papierkorb, wusste, dass sich die Putzfrau des *Koats* deswegen wieder aufregen und keppeln würde, und stellte die gebrauchte Kaffeeschale in den Ausguss. Er ging aus dem Dienstzimmer, schaute auf seine Armbanduhr und stellte fest, dass es bereits 2.14 Uhr war.

Als er auf den Gang trat, sah er, wie zwei Kollegen von der Nachtdienst habenden Gruppe 2 einen ziemlich zugerichteten Festgenommenen zwischen sich mehr schleiften als führten. Es handelte sich um den jedem Polizisten der Leopoldstadt bekannten Trinker und Raufbold Poldi Esslinger, der sich wahrscheinlich wieder aufgeführt hatte, dass der Sau grauste.

Trautmann grinste die Gruppe an und sagte zu Esslinger: „Na, mir scheint, heut hast Pech gehabt, Poldi. Bist an den Verkehrten gekommen.“

„Nein“, stieß Esslinger zwischen seinen aufgeschlagenen Lippen hervor, „ich hab ja eh fast nichts. Da hätten S’ den anderen sehen sollen, Inspektor, den was ins Spital geführt haben. Der ist mehr drüben als wie da.“

Während die Kollegen Esslinger in ihr Dienstzimmer zerrten, ging Trautmann die Stiegen hinunter. Er schaute noch auf ein paar Worte in der Polizeiinspektion der Uniformierten vorbei, trank dort noch einen Kaffee, rauchte zwei Selbstgerollte und ging dann durch die menschenleeren Gassen zu seiner Wohnung in der Meiereistraße.

Unterwegs wurde er von einem neutralen Kleinbus überholt, der mit vier Beamten der Gruppe Sitte besetzt war, die wahrscheinlich beim Messegelände erfolglos Jagd auf Geheimprostituierte machen würden. Denn um eine Prostituierte festnehmen zu können, musste man sie, wie es auf Amtsdeutsch hieß, *beim Anbieten betreten*, was aber fast nie hinhaute.

Huren ohne *Deckel* rochen ein Polizeifahrzeug schon von weitem, so neutral konnte es gar nicht sein. Außerdem kannten sie ja alle Leute von der *Sitte*, würden also nicht so blöd sein, vor deren Augen einen *Gogel*, wie die Kunden genannt wurden, anzureden. Und man konnte keiner Frau verbieten, nächtens irgendwo herumzustehen und eine Zigarette zu rauchen oder einfach vor sich hin zu schauen.

Zuhause legte sich Trautmann in den Kleidern aufs Bett, zog bloß Schuhe und Socken aus, bewegte die Zehen und stellte fest, dass seine Fußknöchel wieder einmal unmäßig angeschwollen waren. Schlafen konnte er erst gegen 4.00 Uhr Früh; bis dahin grübelte er über den toten Nowatschek nach, ohne auf einen grünen Zweig zu kommen.

Trautmann hatte den Typ gekannt, seit er als Hausverwalter ins Kriminalmuseum gekommen war. Das musste an die zehn Jahre her sein. So weit er sich erinnern konnte, war Nowatschek kein Wiener gewesen. Er hatte zuerst irgendwo in der Nähe von Paulaners Schloss als Gendarm gearbeitet. Polizeilich auffällig war Nowatschek nie geworden. Er lebte ein ruhiges Singleleben, kaufte selber ein, kochte auch selbst und frequentierte kein Lokal in der Umgebung des Museums. Einen unauffälligeren Typ gab es in der ganzen Leopoldstadt nicht.

Jedenfalls würden er, Dolezal und Lassinger den Background Nowatscheks durchleuchten. Vielleicht gab es da doch so was wie eine alte Rechnung, die aus irgendwelchen Gründen erst jetzt beglichen worden war.

Trautmann war lange genug Polizist, um zu wissen, dass es keinen Menschen gab, der nicht weniger oder mehr Dreck am Stecken hatte. Unbeschriebenes Papier gab es nur in der Papierhandlung. Die menschlichen Papiere waren allesamt beschrieben. Auch wenn es vielleicht nur ein paar Zeilen oder wenige Worte waren.

Einen Tag später wusste Trautmann alles über den ermordeten Hausverwalter. Burschi Dolezal war am Computer fleißig gewesen und einiges hatte Trautmann auch von Hofrat Paulaner erfahren.

Anton Robert Nowatschek war ein uneheliches Kind gewesen und am 23.4.1940 im oberösterreichischen Egenstein geboren worden. Er war zum Zeitpunkt seines Todes also 65 Jahre alt gewesen. Er hatte die Volks- und Hauptschule absolviert, danach Bäcker gelernt und als solcher gearbeitet. 1965 war er in die Gendarmerieschule eingetreten, 1967 *ausgemustert* und zunächst dem Gendarmerieposten Vorchdorf zugeteilt worden. Er hatte als Unverheirateter auch dort gelebt. 1975 war er auf eigenen Wunsch zum Gendarmerieposten Scharnstein versetzt worden. Er hatte sich dort laut Dienstbeschreibung sehr gut geführt und 1977 Anna Klapacek geheiratet. Die Ehe war kinderlos geblieben. Seine Frau war 1980 von einem Traktor überrollt und dabei tödlich verletzt worden.

Nowatschek hatte nicht mehr geheiratet und war in Scharnstein mehr oder weniger als Einzelgänger bekannt gewesen. Im Jahr 1994 war er in Pension gegangen und hatte stundenweise im Garten von Paulaners Schloss gearbeitet. Er war von diesem 1996 nach Wien geholt und als Hausverwalter des Kriminalmuseums eingesetzt worden. Er war wie gesagt nie polizeilich auffällig geworden.

Von Hofrat Paulaner hatte Trautmann nur Gutes über den Nowatschek erfahren. „Nowatschek“, hatte Paulaner gesagt, „war im Grunde ein Mensch, wie sie heutzutage selten geworden sind. Bescheiden, ehrlich und treu und pflichtbewusst wie keiner. Ich kann mir nicht vorstellen, dass irgendwer einen Grund gehabt haben könnte, ihn zu töten. Er war ja im ganzen Viertel als freundlicher Mann bekannt, der nie mit jemandem auch nur den geringsten Zwist hatte, sondern ausgesprochen beliebt war und an Kinder gern Süßigkeiten verschenkt hat.“

„Nur verschenkt?“, fragte Trautmann den Hofrat. „Einfach so verschenkt?“

„Erlauben Sie“, fuhr Paulaner auf. „Ich weiß nicht, welche Fantasien Sie haben, wenn Sie so etwas sagen! Wenn Sie damit andeuten wollen, Nowatschek hätte sich die Kinder durch die Geschenke in irgendeiner unappetitlichen Weise gefügig machen wollen, muss ich das mit aller Schärfe zurückweisen! Ich kann nicht zulassen, dass sie einen Toten in dieser Weise verdächtigen!“

„Regen Sie sich nicht auf“, sagte Trautmann trocken. „Ich verdächtige niemanden, sondern hab nur was gefragt. Mehr nicht. Als Kriminalbeamter muss man alles in Erwägung ziehen, wenn man zu einem Ergebnis kommen möchte, Herr Hofrat. Also, nichts für ungut.“

Weil Trautmann aber ein verbissener alter Hund war, ging er zu dem zwei Tage später stattfindenden Begräbnis Nowatscheks, das Paulaner bezahlt hatte. Es konnte ja sein, dass der Mörder ebenfalls hinging. So was hatte es schon gegeben und man durfte eben nichts außer Acht lassen.

Er nahm zu dem Begräbnis den jungen Lassinger mit, der das Ganze, vor allem die Teilnehmer, unauffällig mit seinem auch als Kamera verwendbaren Handy aufnehmen sollte. Das erwies sich aber als unnötig, weil die Trauergemeinde bloß aus dem Priester, dem Ehepaar Paulaner, der Trafikantin Nowatscheks und Trautmann selbst bestand.

Trautmann kontaktierte wieder mal Hollndonner von der Gruppe Gewalt, erfuhr aber nur, dass in dem Fall kein Weiterkommen war. Die Kollegen von der *Gewalt* waren mit einem dringlicheren Fall beschäftigt, der die Zeitungen füllte.

Im Erholungsgebiet Laaer Wald im 10. Bezirk, an dessen Rand sich ein schwacher Abklatsch des Wurstelpraters befindet, war ein sechsjähriges Mädchen missbraucht und danach erdrosselt worden. Es gab vage Hinweise auf einen möglichen Täter und auch eine Phantomzeichnung von ihm, aufgrund derer zwei Männer vorübergehend festgenommen wurden. Sie mussten aber wieder freigelassen werden, weil sie für die mutmaßliche Tatzeit hundertprozentige Alibis hatten und weder im Laaer Wald gewesen waren, noch von den zwei jungen Leuten, die sich im Wald sexuell vergnügt und den möglichen Täter beschrieben hatten, wiedererkannt worden waren. Der Mann, den sie mit der kleinen Helga Mittringer im Wald gesehen hatten, war wesentlich älter als die beiden Verdächtigen und auch größer und schwerer gewesen. Außerdem hatte er entweder eine Glatze oder einen rasierten Kopf gehabt, was auf die beiden Verhafteten nicht zutraf. Eine entfernte Übereinstimmung mit dem Phantombild gab es nur hinsichtlich der Gesichtszüge, aber auch das erwies sich letztendlich als Fehlschlag. Denn die Augenzeugen waren plötzlich der Meinung, dass ihre Angaben nicht stimmten. Sie glaubten jetzt, dass der Mann, den sie mit dem Mädchen im Laaer Wald gesehen hatten, dem Phantombild, das sie nach seiner Anfertigung anerkannt hatten, eigentlich nicht entsprach.

Es war praktisch die ganze betreffende Abteilung der Kriminaldirektion auf der Jagd nach dem Mädchenmörder und die Auflistung Paulaners blieb vorerst unbearbeitet liegen. Sie würde außerdem, wie Hollndonner meinte, sowieso nichts enthalten, was *nahrhaft* war.

Die Gruppe Gewalt vertrat nämlich einhellig die Meinung, der Täter aus dem Museum müsse ein Irrer gewesen sein. Und weil in keiner psychiatrischen Anstalt ein Patient fehlte und auch keiner Ausgang gehabt hatte, war die Geschichte ungut und wahrscheinlich hoffnungslos. Außer es fand sich per Zufall im Zusammenhang mit einer anderen Sache einer, der, aus welchen Motiven auch immer, auch das Museum devastiert und den Hausverwalter ermordet hatte.

Hollndonner wies Trautmann auf einen mehr als dreißig Jahre zurückliegenden Fall hin, in dem das so gewesen war.

Damals war eine alte Prostituierte, die ihr Gewerbe in ihrer Wohnung in der Venediger Au nahe des Praters ausgeübt hatte, erschlagen worden. Der Täter war trotz Hinweisen aus der Bevölkerung nicht ermittelt worden. Jahre später hatte ein gewisser Alexander Hauschild im 15. Bezirk einen bewaffneten Bankraub verübt, war von einem Radfahrer verfolgt und gestellt worden und hatte diesen durch zwei Schüsse tödlich verletzt.

Hauschild war damals der Tat eindeutig überführt worden und hatte keine andere Chance als *den Frack*, das heißt lebenslänglich, zu bekommen. Er hatte, weil ja, wie er sagte, „jetzt eh alles schon wurscht und alles eins“ war, auch den Mord an der Prostituierten gestanden, die ihn beim Geschlechtsverkehr angeblich so angeekelt hatte, dass er sie mit einem schweren Kerzenleuchter aus Messing erschlagen hatte.

Hauschild war im Jahr 1986 in der Justizanstalt Stein an Magenkrebs gestorben.

9

Mit Paulaners Auflistung war es, wie Trautmann herausfand, überhaupt ein Jammer. Die im Museum dokumentierten Mordfälle konnten einfach nichts mit dessen Zerstörung zu tun haben. Auch dann nicht, wenn einer der in Bild und Druck festgehaltenen Täter, sich nach Verbüßung seiner Strafe im Museum ausgestellt gesehen hatte.

Einige der Täter aus den besonders interessanten 50er bis 70er Jahren waren bereits verstorben und hatten auch, wie Lassinger und Dolezal recherchiert hatten, keine Nachkommen, denen die Dokumentation hätte unangenehm sein können.

Im Grunde war das Studium der Auflistung nicht nur ergebnis-, sondern auch trostlos. Eine Aneinanderreihung von mehr oder weniger sinnlosen Bluttaten:

Der Raubmord an einem Taxichauffeur, bei dem die Beute keine tausend Schilling betragen hatte und der Täter ein Jugendlicher gewesen war.

Der Mord an einer Studentin, die neben dem Studium etwas verdienen wollte und als Versicherungskeilerin in der Florianigasse im 8. Bezirk unterwegs gewesen war. Sie war von einem Mieter des Hauses Nr. 17 in die Wohnung gebeten, dort niedergeschlagen, vergewaltigt, erstochen und zerstückelt worden. Anschließend hatte der Täter versucht, die Leichenteile in der Waschküche zu verbrennen. Er war dabei erwischt und in der Hauptverhandlung zu lebenslanger Haft verurteilt worden. In der Haft war er von einem Mithäftling ermordet worden.

Im Jahr 1963 der Mord an einer zehnjährigen Ballettschülerin, die in einer Toilettenanlage der Wiener Staatsoper durch zahlreiche Messerstiche in Brust, Kopf und Geschlechtsteile ums Leben gekommen war. Der Täter, ein nichtssagender Homosexueller, der bereits mehrere Frauen attackiert und eine Bank ausgeraubt hatte, wurde ausgeforscht und im April 1964 zu lebenslanger Haft verurteilt. Er kam, weil das Lebenslang nur in der Theorie besteht, Ende der 80er Jahre wieder frei, lebte dann unauffällig und starb im Frühjahr 2001.

Und, und, und ... Eine Anhäufung von Gewalttaten, die von Grenzdebilen, Triebtätern oder aus Gier begangen worden waren. Meist waren die Täter unmittelbar nach der Bluttat, seltener erst viel später durch Kommissar Zufall ausgeforscht worden – oder sie waren, in etwa einem Sechstel der Fälle, überhaupt nicht ermittelt worden und würden wohl für immer unbekannt bleiben.

Relativ neu war die Aufklärung der Morde an zwei Mädchen aus einem großen Gemeindebaukomplex im 10. Bezirk. Das eine Mädchen hatte, wie Zeugen beobachtet hatten, kurz vor ihrem Tod in einer nahen Trafik ein Comicheft gekauft, war aber nicht mehr nach Hause gekommen und am Tag danach von seinem Vater tot in der Anlage gefunden worden. Das andere Mädchen war zwei Jahre danach nach dem gleichen Modus Operandi ermordet worden, aber nicht im Wohnkomplex, sondern in einer Grünanlage im selben Bezirk aufgefunden worden. Der Täter konnte zunächst nicht ermittelt werden, obgleich mehr als dreitausend männliche Personen überprüft wurden.

Erst mit der vor wenigen Jahren eingeführten Methode der DNA-Analyse und nach Auswertung der Spuren im Fall einer viel später ermordeten jungen Frau, die eine Übereinstimmung mit den seinerzeit an den Mädchen festgestellten, aufbewahrten Spuren ergeben hatte, konnte der Dreifachmörder – übrigens einer der seinerzeit überprüften Männer – als zweifelsfreier Täter ausgeforscht und verurteilt werden.

Die Motive zu all diesen Taten, dachte Trautmann, waren die gleichen, die vor mehr als zweitausendfünfhundert Jahren schon der Buddha als Wurzel alles Übels erkannt hatte, nämlich Gier, Hass und Wahn von Menschen, deren Bewusstsein nicht rein und erkennend, sondern wie ein zerfleddertes Garnknäuel war.

Alle im Straf- und Zivilrecht aufgelisteten Delikte und Handlungen, überhaupt alle, wenn auch nicht strafbaren, Schweinereien, wie sie seit Jahrtausenden vorkamen und vorkommen würden, solange es Menschen auf dieser Erde gab, hatten mit Gier, Hass und Wahn zu tun. Alle waren motivisch auf die jedem Menschen immanente grenzenlose Dummheit zurückzuführen, die darin begründet war, dass nur der Mensch so etwas wie ein Selbstbewusstsein besaß.

Es war das unsinnige Selbstbewusstsein, der Wahn eines ganz persönlichen, eigenen, unverwechselbaren und einmaligen Ichs, das dafür verantwortlich war, dass die gesamte Menschheit bis zu den Nasenlöchern und oft genug auch darüber hinaus in der Scheiße steckte. Auch alle Streitigkeiten um Land oder Besitz und alle Kriege hatten diesen Wahn als Ursache, und er würde auch dafür verantwortlich sein, wenn sich die Menschheit irgendwann durch einen globalen Atomkrieg oder ebensolche Umweltzerstörung frühzeitig selbst auslöschen würde – lange bevor die Erde, aus irgendwelchen kosmischen Gründen zu einem uninteressanten, toten, im grenzenlosen Universum dahintreibenden Brocken verkommen, ihr Ende finden würde.

Das waren für einen *Pflasterhirschen* wie den Trautmann ungewöhnliche Gedanken, die so genannte normale Menschen, zu denen auch die Kriminalbeamten gehörten, kaum oder nie hatten. Aber Trautmann, der kleine Abteilungsinspektor aus dem Kriminalkommissariat Zentrum Ost, hatte sie.

Und er hatte, weil er Mensch war, wie alle anderen ein Selbstbewusstsein, das ihn dazu verführte, sich in den Fall Kriminalmuseum zu verbeißen, ihn als seinen und mithin als einen Fall anzusehen, den *er* lösen musste, weil er ihm und nicht den *unkoscheren* Typen von der Kriminaldirektion gehörte.

10

Nach vierzehn Tagen hatte die Gruppe Gewalt den Mörder der kleinen Helga Mittringer ausgeforscht. Sie hatte das nicht aus eigener Kraft geschafft, sondern aufgrund eines Hinweises aus dem Kriminalkommissariat Süd, dessen Rayon den 10., 12., 13. und 23. Bezirk umfasste. Und hier zeigte sich wieder, wie wenig zutreffend die Angaben so genannter Augenzeugen sein konnten. Denn der aufgrund der DNA-Analyse als Täter entlarvte Mann glich weder dem Phantombild, noch war er ein nicht mehr junger, massiger, kahlköpfiger Mann, sondern ein grenzdebiler Sechzehnjähriger, der kaum sechzig Kilo wog. Allerdings hatte er einen rasierten Kopf, weil er als Skinhead gelten wollte, was er aber in keiner Weise war. Er war bloß eine taube Nuss.

Er hieß Othmar Kirchpichler, war Sonderschüler ohne Schulabschluss, Bettnässer und ein ausgesprochener Schwächling, der nur durch seine viel zu große Lederjacke etwas massig wirkte. Er war aber immerhin stark genug gewesen, das kleine Mädchen zu ermorden und, was nur Insidern, aber nicht der Öffentlichkeit bekannt war, nach ihrem Tod durch Einführen eines Astes in den Anus teilweise zu entdärmen. Eine Handlungsweise, die er in einem Gewaltvideo gesehen und nachgeahmt hatte.

Jetzt saß Kirchpichler im Jugendgericht in U-Haft und würde, weil er bei Begehung der Tat noch nicht achtzehn Jahre alt gewesen war, eine geringere Strafe als ein Erwachsener erhalten; oder, was von der psychiatrischen Begutachtung abhing, in eine Anstalt für geistig abnorme Rechtsbrecher eingewiesen werden.

Zur selben Zeit saß Trautmann wieder einmal bereits seit Stunden im kleinen Café am Karmelitermarkt und hörte sich ohne besonderes Interesse den Bericht der Blauensteiner über ihren neuen, wie sie sagte, einmaligen Über-drüber-Freund an.

Weder Trautmann noch die paar anderen Stammgäste, wie der Schurli und der alte Berti, noch Hansi Horak wussten, der wievielte Freund der Blauensteiner das war. Die Blauensteiner war aber durchaus keine Nymphomanin, sondern bloß ein in die Jahre gekommenes kleines, romantisches Mädchen, das trotz aller gegenteiliger Erfahrungen daran glaubte, dass sie irgendwann einmal zwar nicht einen Prinzen, aber doch einen Mann finden würde, mit dem sie die große und wahre Liebe erleben konnte.

Sie verschlang die Bücher der Rosamunde Pilcher und anderer gleichwertiger Autorinnen, hatte die im Lokal stehende altmodische Musicbox mit ältesten *Hadern* wie *Einmal muss es Liebe sein und nicht nur Liebelei* oder *Die Liebe ist ein seltsames Spiel* bestückt und schwärmte an diesem Abend zum x-ten Mal vom Herwig, den sie seit einer Woche kannte.

„Der Herwig", sagte sie, „der ist diesmal der Richtige. Auf den hab ich dreißig Jahre gewartet, aber jetzt ist er da. Wenn wir zusammen sind, sagt er mir hundertmal, dass er mich liebt, und beweist mir das auch. So einen wie den hab ich noch nie gehabt und gegen den seid ihr", dabei schaute sie Trautmann und die zwei anderen Männer an, „nichts als wie *schiache Krucken* und das Letzte auf dieser Welt."

Trautmann brummte nur: „Sollst Recht haben, Kinderl."

Aber der Schurli konterte mit: „Wer ist denn bei dir eine *schiache Krucken*, hörst? Wennst einen wie mich kriegen tätest, könntest dir alle zehn Finger abschlecken und jeden Tag in der Kirche eine Kerze anzünden."

Und der alte Berti legte noch ein Schäuferl nach: „Alle Männer, was auf dich hereinfallen, *haben entweder einen Pascher* oder sind armlose Blinde. Oder sind, wie der seinerzeitige Gucki,

Heiratsschwindler, die was auf deine paar Euro aus sind. So schaut's aus."

Die Horak sagte nichts, sondern wusch ein paar gebrauchte Gläser ab und kam der zur Musicbox gehenden Blauensteiner zuvor, indem sie den Stecker aus der Steckdose zog, weil sie keine Lust hatte, sich einen Schmachtfetzen anzuhören.

Die Horak war zwar erst achtunddreißig und durchaus hübsch, hatte aber von den Männern die Nase voll und schätzte sie nur als Gäste. Aber im Bett brauchte sie keinen mehr, weil sie alle der gleiche Ausschuss waren. *Eine große Goschen haben* und angeben, das war alles, was sie insgesamt drauf hatten. Und entweder glotzten sie dauernd andere Weiber an oder interessierten sich für nichts außer den depperten Fußball oder fürs Kartenspielen, und außerdem soffen die meisten wie die Löcher.

Der einzige Mann, den sie anerkannte, war Trautmann, von dem sie wusste, dass er sich seinerseits nicht mehr für Frauen, sondern nur für seinen Dienst interessierte. Und der auch ein Mann war, mit dem man reden konnte. Aber alle anderen hätte man ihrer Meinung nach gleich nach der Geburt in einem Löffel Wasser ertränken sollen.

Darum brachte sie das Gespräch auf die Ausforschung des Mörders an der Kleinen im Laaer Wald, was aber dazu führte, dass sich der alte Berti über die Polizei äußerte und meinte, dass die zwar den Mädchenmörder erwischt hätte, andere aber frei herumlaufen ließe.

„Weil es sich bei der Kleinen um ein Mädchen gehandelt hat, hat sich die ganze Polizei in die Hose geschissen. Und derwischt haben s' den Mörder ja nur, weil der zu deppert zum Schauen gewesen ist. Aber wegen dem Nowatschek legen s' die Ohren an und tun nichts. Wahrscheinlich, weil er nur ein alter Mann war, wie ich. Und wenn s' einen Alten *heimdrehen*, sind s' insgeheim noch froh, weil's einen Pensionisten weniger gibt, den was die Allgemeinheit derhalten muss."

„Sag so was nicht, Berti“, brummte Trautmann gutmütig. „Wir kümmern uns um alle Verbrecher und erwischen sie auch bis auf ein paar. Aber Hellseher sind wir halt keine und manchmal dauert es eben seine Zeit.“

Und mit einem schwachen Grinsen: „Zumindest dich, Berti, wird keiner umbringen. Bei dir steht es sich nicht dafür. Du musst entweder von selber hin werden oder dich von einem Auto zusammenführen lassen. So, und jetzt hauen wir uns alle einen Kognak in die Venen und reden von was anderem. Ich zahl die Runde.“

Trautmann kam aber nicht dazu, von etwas anderem zu sprechen. Denn es kam der hinkende, unterstandslose Rudi ins Café und sagte sofort zu Trautmann: „Inspektor, ich muss was reden mit dir.“

„Na, dann red“, sagte Trautmann zu ihm, und zur Horak gewandt: „Gib dem Rudi auch einen Kognak, Hansi-Weibi.“

Rudi stürzte den Kognak hinunter. „Man dankt, Inspektor, du bist der einzige Mensch unter lauter Viechern.“ Und leiser: „Ich muss was reden mit dir. Aber nicht vor alle Leut. Gehen wir auf einen Sprung entweder auf die Gasse oder *aufs Häusl*.“

„Lieber ist mir ’s *Häusl*“, brummte Trautmann und ging schon zur Tür mit der Aufschrift Toiletten. „Auf der Gasse ist’s mir zu kalt.“

11

Als die beiden im WC standen, schaute Rudi vorsichtshalber nach, ob nicht in der einen Zelle irgendjemand drinnen war.

Trautmann rollte sich währenddessen eine Zigarette, zündete sie an und brummte: „Da brauchst nicht nachzuschauen, du *Pfosten*. Kann ja keiner drin sein, weil die sitzen ja alle draußen im Café.“ Und dann: „Also, jetzt red oder *scheiß Buchstaben*. Was willst mir sagen?“

Rudi zögerte kurz, rückte näher an Trautmann heran und sagte: „Kann sein, kann nicht sein, Inspektor, dass ich was weiß. Aber …“

„Was aber? Weißt jetzt was oder nicht?“

„Ich glaub, ich weiß was, Inspektor.“ Und nach einer Pause: „Es gibt da bei uns … Sie wissen ja eh, dass ich und ein paar andere immer bei der Station Praterstern herumhängen.“

Natürlich wusste Trautmann das, und auch, dass die S-Bahn-Station Praterstern ein Schandfleck war, ungeheuer schmutzig und von allen möglichen Wurst- und Pizzabuden durchsetzt. Sie war auch Knotenpunkt von verschiedenen Straßenbahnlinien, was natürlich Ströme von Fahrgästen zur Folge hatte.

Vor dem Stationsgebäude war ein Treffpunkt von Unterstandslosen, Säufern und anderen unguten Typen, die fast Tag und Nacht dort herumhingen, soffen, oft genug Leute anbettelten oder beschimpften, sich manchmal anpissten, sich nur selten wuschen und dementsprechend stanken und die wie eine Horde von Neandertalern ausschauten. Der Praterstern war ein Treffpunkt von Menschen, die bereits abgeschrieben worden waren und dazu verurteilt waren, irgendwann zu verkommen.

„Wir sind“, redete Rudi weiter, „an sich *eine gut zusammengeheizte Partie*. Jeder kennt die Lebensgeschichte von jedem. Aber seit vielleicht einem Monat lungert ein Typ bei uns herum, der was voll ungut ist. Er schaut arg aus, hat ein zerhautes Gesicht und ist immer auf eine Schlägerei aus. Wie er heißt, wissen wir nicht, wir sagen halt *Demolierter* zu ihm. Angeblich ist er wegen Vergewaltigung, schwerer Körperverletzung und Widerstand gegen die Staatsgewalt gesessen. Er hat derzeit keine Unterkunft.“

„Na gut“, sagte Trautmann. „Und warum erzählst mir das?“

„Weil ich und die anderen ihm insgeheim zutrauen, dass er die Geschichte mit dem Museum und dem Nowatschek gemacht hat. Wir“, sagte Rudi, „reden über alles, was in der Welt vorgeht, und haben auch über das Museum und den Nowatschek geredet. Und dabei hat der *Demolierte* gesagt, das Museum war eh für den Arsch, weil es die Leute nichts angeht, zu sehen, wer wann was gemacht hat. Und der Nowatschek war eh alt und wär nimmer gewachsen, ob der lebt oder hin ist, interessiert niemanden.“

Trautmann bedankte sich, zahlte Rudi Würstel mit Saft und einen Doppelkognak und nahm sich vor, sich den *Demolierten* einmal anzuschauen.

Das machte er am nächsten Tag. Er ging zu den unguten Typen bei der Station Praterstern, schaute sich die dort Sitzenden an und erkannte auf den ersten Blick, welcher von ihnen der *Demolierte* war. Es handelte sich um einen ziemlich großen, massigen Mann mit einem Haargestrüpp im Gesicht und auf dem Kopf. Sein tiefrotes Gesicht schaute so zerschlagen aus, als wäre ihm ein Traktor drübergefahren. Er hatte schmutzige Joggerschuhe an, aus denen seine Zehen schauten, und war betrunken.

Trautmann ging zu der Gruppe, zog seine *Dienstkokarde* heraus, hielt sie dem *Demolierten* hin und sagte: „Ausweisleistung. Zeig mir deinen *Deckel*.“

Der *Demolierte* drückte mit drei Fingern seine leere Bierdose zusammen und warf sie Trautmann vor die Füße. „*Deckel* hab ich keinen, *Kiberer*. Also, *hau dich über die Häuser* und verstell mir nicht die Aussicht. Ich bin ein freier Mensch und gutmütig. Nur net zu Arschlöchern, die was mir was wollen."

„Ich bin auch gutmütig, *Haberer*", sagte Trautmann. „Fast so gutmütig wie ein Ministrant. Aber wenn ich einem sag, ich will seinen Ausweis sehen, und er zeigt ihn mir nicht oder hat überhaupt keinen, dann muss ich ihn zur Personenfeststellung mitnehmen."

Der *Demolierte* stand langsam auf, machte einen Schritt auf Trautmann zu und sagte: „Nicht deppert sein, *Kiberer*. Ich sitz ganz friedlich da, trink mein Bier und schau mir die Leut an, was vorbeigehen. Das ist nicht verboten. Also tu mich nicht reizen."

Ein Wort gab das andere, die Lage drohte zu eskalieren und eskalierte dann auch, weil der *Demolierte* die Fäuste hob und auf Trautmann einschlagen wollte, worauf ihm Trautmann erst eine Ladung Pfefferspray in die Augen spritzte, dann dem Wehrlosen die Arme auf den Rücken bog, ihm Handschellen anlegte und ihn zur nahen Polizeiinspektion Praterstern führte.

Das Ganze hatte keine fünf Minuten gedauert und so gut wie kein Aufsehen erregt. Denn die Vorübergehenden waren es gewohnt, dass es bei den besoffenen Herumlungerern manchmal *Bröseln gab*.

In der Polizeiinspektion ging alles ganz zivilisiert ab. Eine Uniformierte wusch dem lammfromm gewordenen Festgenommenen zumindest halbwegs die Augen aus, und ein anderer Uniformierter sagte Trautmann, dass er den *Demolierten* von früheren Amtshandlungen her kenne wie das falsche Geld.

Der *Demolierte* heiße Reinhard Watzek, habe zwar mehrere Vorstrafen wegen Körperverletzung und nach den Paragrafen 269 und 270, also wegen Widerstands gegen die Staatsgewalt und wegen tätlichen Angriffs auf einen Beamten, aber keine

Vorstrafe wegen Vergewaltigung. Er sei im Übrigen ein harmloser Krakeeler und Unterstandsloser, der bei Schlechtwetter entweder in den Tunnels der Hochschaubahn oder auf dem Gelände der Liliput-Bahn übernachte. Früher sei Watzek ein viertklassiger Catcher gewesen und helfe jetzt manchmal bei der Gokartbahn im Wurstelprater aus.

Dass Watzek etwas mit der Geschichte im Kriminalmuseum zu tun haben könnte, schloss der Uniformierte aus.

Trautmann wollte aber sichergehen und ließ sich und Watzek in einem Streifenwagen ins *Koat* Zentrum Ost fahren.

Dort schrieb er eine Anzeige wegen Widerstands gegen die Staatsgewalt, fand Watzeks Fingerabdrücke im *AFIS* und nahm ihm, was er eigentlich nicht durfte, eine Speichelprobe für die DNA-Analyse ab. Natürlich war ihm bewusst, dass er damit gegen die Dienstvorschriften verstieß, aber er hatte sich eben in den, *seinen*, Fall verbissen und wollte sicher sein, dass Watzek nur ein Blödist und kein Mörder war.

Nach einer kurzen Unterredung mit seinem Oberstleutnant Sporrer warf Trautmann die Anzeige in den Papierkorb und ließ Watzek gehen. Dessen DNA-Probe schickte er aber, ohne es Sporrer zu sagen, nach Innsbruck ins Labor. Falls sie mit den Spuren an Nowatscheks Leiche übereinstimmte, würde er Watzek, der in der Polizeiinspektion Praterstern ohnehin wie das falsche Geld bekannt war, leicht finden.

Nach einer Woche kam der Befund aus Innsbruck. Die DNA Watzeks wies keine Übereinstimmung mit den Spuren am Toten auf, damit war der Fall erledigt. Der Rudi war mit seinem *Zund* zwar besten Willens gewesen, hatte aber nicht Recht gehabt.

Und er, Trautmann, hatte in die Geschichte ein Paar Würstel mit Saft und einen doppelten Kognak investiert, die er hatte bezahlen müssen – und eine Ladung Pfefferspray, die nicht auf seine Kosten, sondern auf die der Republik Österreich ging.

12

Trautmann, Dolezal und Lassinger saßen in ihrem Dienstzimmer und bearbeiteten den von ihnen gelösten Fall Maroltinger nach.

Rudolf Maroltinger besaß ein kleines Kürschnergeschäft Am Tabor, das jetzt, in Zeiten steigender Arbeitslosigkeit, nur mehr schlecht oder eigentlich fast gar nicht ging. Denn die Wohlhabenden kauften ihre Pelzsachen bei arrivierten Prominentenkürschnern und die Leute aus der Leopoldstadt hatten einfach nicht mehr genug Geld, um Kürschnerware anzuziehen, und trugen billige Jacken aus Supermärkten oder von einer Kaffeefirma, die außer Kaffee Kleidung, Wäsche, Haus- und Küchengeräte und sogar billige Uhren und ebensolchen Schmuck anbot. Maroltingers einzige Einnahmen kamen aus Umarbeitungen und Reparaturen. Aber ausgerechnet bei ihm hatte jemand mehrmals durch die Schlüssellöcher Buttersäure ins Geschäft gespritzt und das einzige Auslagenfenster mit TIERMÖRDER!! besprayt.

Weil die Uniformierten außerstande waren, den oder die Täter auszuforschen, hatten sich die Leute der Gruppe 4 auf die Lauer gelegt, und es war der Neuling Lassinger gewesen, der das junge Ehepaar Hans und Else Frühauf erwischt, besser gesagt *auf frischer Tat betreten* hatte.

Die Frühaufs waren so überalternativ, dass sie jede Art von Kleidung und Schuhwerk aus tierischem Material ablehnten und Leute, die derlei trugen, als Verbrecher und Mörder ansahen. Und vor allem hatten sie etwas gegen Kürschner, die, wie sie angaben, ganz besonders von Tiermord und auf Kosten von Lebewesen, die sie skrupellos umgebracht hatten oder zumindest hatten umbringen lassen, gut lebten.

Deshalb hatten sie an Maroltingers Geschäft ein Exempel statuieren und dadurch die Öffentlichkeit aufrütteln wollen.

Mitten in die Einvernahme des Ehepaars Frühauf hinein läutete Trautmanns Telefon. Er hob ab und erfuhr, dass der Anrufer der alte *Galerist* Matthias Motzl Gramberger war, der unlängst im Schweizerhaus seinen Geburtstag gefeiert hatte.

„Trautmann", sagte Motzl, „ich glaub, ich kann dir was über die Museumsgeschichte sagen, obwohl … Du weißt, dass ich *frank* bin und euch nie einen *hingehängt* habe. Aber jetzt kann sein, dass es sich um einen russischen Hurenhund vom Mexikoplatz handelt, der was da im Spiel ist – und den häng ich natürlich mit Genuss hin. Komm heut am Abend ins ‚Miranda', weißt eh, Zirkusgasse. Dort reden wir weiter."

„Gut", sagte Trautmann und legte auf.

„Um was ist es denn gegangen?", fragte Dolezal.

„Um nichts Besonderes", brummte Trautmann. Schließlich brauchte Dolezal nicht alles zu wissen. Außerdem hatte der was dagegen, dass mit Gramberger mehr oder weniger freundschaftliche Beziehungen unterhalten wurden. Dolezal war ja nicht mehr von der alten Art und kehrte gern auch dort den Polizisten heraus, wo es im Grunde nichts herauszukehren gab. Das gute und bewährte alte Prinzip, dass eine Hand die andere wäscht, war ihm wie vielen Jungen fremd geworden.

Als Trautmann gegen 20.00 Uhr ins Miranda kam, war noch nicht viel los. Diese *Hütten* hatte schon bessere Zeiten gesehen. Jetzt saßen nur einige Männer, sichtlich Typen vom Land, die in Wien irgendeinen Kongress besuchten, drin und glotzten auf die drei halb nackten Mädchen, die auch schon bessere Zeiten gesehen hatten.

Das „Miranda" gehörte zwar nach wie vor Motzl Gramberger, wurde aber offiziell von einem Strohmann geführt, wie es jetzt mehr und mehr üblich wurde. Seit es im Viertel immer mehr Ostfrauen gab, die in den diversen Lokalen unangemeldet der Prostitution nachgingen und nur als Gesellschafterinnen geführt wurden, und seit die Kontrollen schärfer geworden waren, hatten die Lokalbesitzer mehr oder weniger nebulose Gesellschaften gegründet und ließen die *Hütten* für die Behörde von irgendwelchen Männern führen, die nicht aus dem Milieu waren und die mit ein paar Euro abgefertigt wurden. Flog dann irgendwas auf, was gegen die Gesetze verstieß, wurde der so genannte Geschäftsführer durch einen anderen Unbedarften ersetzt und alles war wieder paletti.

Trautmann nickte den Leuten vom „Miranda“ zu und ging die paar Stufen zum Büro hinauf, in dem Gramberger nach wie vor residierte.

Gramberger ließ Kaffee und Kognak kommen, zog eine teure Zigarre hervor, zündete sie aber nicht an, sondern begann, wie es seine Art war, ein bisschen zu jammern.

„Rauchen soll ich nicht, sagt mein Doktor, sonst mach ich einen vorzeitigen Abgang. Eigentlich sollte ich außer Luftschnappen überhaupt nichts mehr tun. So weit hab ich es gebracht.“

Trautmann rollte sich eine Zigarette, zündete sie an und brummte: „Meiner sagt das auch. Aber was soll’s. Hin werden wir früher oder später ja sowieso. Ist doch eh wurscht, Motzl. Da sind wir gewesen und haben unsere schönen Jahre gehabt, also können wir auch gehen.“

Gramberger zündete sich jetzt auch seine Zigarre an, hustete, legte sie in den Aschenbecher und sagte: „Mir ist’s überhaupt nicht wurscht, ob ich *eine Schwalben mach* oder noch da sein kann, Trautmann. Aber jeder, wie er glaubt.“

Er griff wieder nach der Zigarre und machte einen vorsichtigen Zug. „Um das geht’s aber nicht. Wegen dem hab ich dich nicht angerufen.“ Und nach einer Pause, langsam: „Es geht um etwas, was mir zu Ohren gekommen ist. Wennst es brauchen kannst, soll es mir recht sein. Wenn nicht, dann vergiss es."

„Gemacht", sagte Trautmann. „Und was ist das, Motzl?"

„Die Zeiten sind schlecht geworden", wich Gramberger vorerst aus. „Nichts ist mehr, wie es war. Die ganze Leopoldstadt und der Prater sind nicht mehr wie früher. Wir Einheimischen werden von den Ausländern langsam aus dem Geschäft gedrängt. Wo du hinschaust, sitzen die. Reißen sich eine *Hütten* nach der anderen unter den Nagel und überschwemmen uns mit ihren oft angesteckten Weibern. Früher war zwar auch nicht alles Liebe und Waschtrog, aber man hat es sich halt gerichtet. Wer deppert worden ist, ist halt ein bissl händisch ermahnt worden. Und wenn es hart auf hart und auf eine Notwehrüberschreitung hin gegangen ist, dann hat der andere ja auch ein Messer oder eine *Puffen* ghabt. Und wer geschwinder war, der ist halt übrig geblieben. Aber im Prinzip hat man sich an einen Tisch gesetzt und drauf geschaut, dass man durch das Miteinanderreden zu einer Einigung kommt. In der *Galerie* war eine gewisse menschliche Gemütlichkeit vorhanden und ein Handschlag hat noch was gegolten. Aber heut …"

„Da erzählst du mir nichts Neues, Motzl", unterbrach ihn Trautmann. „Aber wegen dem wirst du mich nicht herzitiert haben. Also, um was geht es?"

„Darum, dass … Nichts Gewisses weiß man natürlich nicht, aber es wird *unter der Hand* darüber geredet, dass einer vom Mexikoplatz dem Paulaner das Haus abkaufen wollt, es aber nicht gekriegt hat. Der Typ hat aus dem netten Haus ein Puff machen und auch was mit Karten machen wollen. Aber der Paulaner hat es ihm nicht verkaufen wollen. Um noch so viel Geld nicht. Da hab ich mir halt denkt, dass … Du weißt ja, wie jetzt solche Geschichten rennen."

Natürlich wusste Trautmann das. Und er kannte auch den Mexikoplatz und seine Umgebung. Und die Typen, die dort das

Sagen hatten. Das waren durch die Bank irgendwelche Burschen aus der ehemaligen Sowjetunion, Russen, Georgier und weiß der Teufel aus welchen Völkerschaften noch. Manche sagten, es handle sich ausschließlich um Juden, aber das stimmte nicht. Es waren zwar auch ein paar Juden drunter, aber die Nichtjuden waren in der Überzahl.

Der bei der Reichsbrücke und am Donauufer gelegene Mexikoplatz heißt erst seit 1946 so – als Danksagung an Mexiko, das als einziger Staat der Welt gegen die Annexion Österreichs durch Hitler-Deutschland protestiert hatte. Früher hieß der Platz Erzherzog-Carl-Platz und war eigentlich bloß ein von Zinshäusern eingerahmtes Nichts. Seine Blüte erreichte er erst durch eine Unzahl von Geschäften, in denen mit allem und jedem, im Grunde billiger *Tinnef*, gehandelt wurde. Leute aus den damaligen Oststaaten hinter dem Eisernen Vorhang waren die Hauptkunden und auch der Schmuggel blühte. Es gab nichts, was es auf dem Mexikoplatz nicht zu kaufen gegeben hätte. Man konnte weit unter dem offiziellen Kurs auch jede Währung kaufen und wechseln; auch blühte die Prostitution. Im Grunde trieb sich alles, was der Polizei verdächtig war, auf dem Platz herum. Heute hat der Platz viel von seiner einstigen Bedeutung verloren. Es gibt zwar immer noch Billigsdorfer-Geschäfte, Schmuggelware und Geldwechsel, es haben noch immer ausländische Bosse das Sagen, aber wie früher ist der Platz längst nicht mehr. Nur mehr die viel zu große, wie aus einem Märchen stammende und von den Trinitariermönchen betreute Kirche des Heiligen Franz von Assisi ist gleich geblieben und ragt wuchtig und unübersehbar nahe der Schiffsanlegestelle auf.

Es gab dort also, wenn der Motzl Recht hatte, einen Typen, der sich das Haus, in dem sich das Kriminalmuseum befand, hatte unter den Nagel reißen wollen, es aber nicht bekommen hatte; er hatte deswegen das Inventar zerstört und zum Drüberstreuen noch den Hausverwalter ermordet – vielleicht als Mahnung, um Hofrat Paulaner umzustimmen. So etwas war durchaus möglich und einem ausländischen Boss zuzutrauen.

Schließlich war ja auch Grambergers Lokal, das „Miranda", vor einigen Jahren durch eine nie geklärte Explosion in die Luft geflogen, und er hatte es nur renovieren und erhalten können, weil Trautmann kräftig mitgemischt, einen maßgebenden Russen aus dem Verkehr gezogen und ihn für zehn Jahre in die Justizanstalt Krems-Stein gebracht hatte. Von dort hatte Viktor Woronin allerdings ausbrechen können und war seither verschwunden.

Trautmann plauderte noch eine Weile mit Gramberger, hörte sich dessen immer wieder von starkem Raucherhusten unterbrochene Jammerei über die schlechten Zeiten und die Beschwernisse des Alters an, bedankte sich dann und schaute auf einen Sprung ins „Marktcafé".

Es war wieder einmal nach Mitternacht, als er zu seiner ungeliebten Wohnung in die Meiereistraße ging, in der ihn nur das Chaos, aber kein lebendiger Mensch erwartete.

13

Am nächsten Tag kontaktierte Trautmann den Hofrat Paulaner in dessen Wohnung im Museumshaus.

Das Museum war, wie eine Tafel am Haustor verkündete, WEGEN RENOVIERUNG GESCHLOSSEN und voller Handwerker. Die verwüsteten Exponate waren bereits weggeräumt worden und es würde sicher nicht mehr allzu lange dauern, bis Paulaner Kopien der Dokumentationen und Gegenstände beschafft hatte und wieder eröffnen konnte.

Paulaner hörte sich Trautmanns Informationen an, schaute dabei wie immer aufmerksam und freundlich drein und sagte dann: „Ich weiß nicht, aus welcher Quelle Sie Ihr Wissen haben, Herr Inspektor, sage Ihnen aber aufrichtig, dass es nur zum Teil stimmt. Oder vielleicht nicht einmal das."

„Gut", sagte Trautmann, „o.k. Und was ist mit dem Teil, der stimmt, Hofrat?"

„Ich wurde vor etwa zwei Monaten von einem absolut seriösen Immobilienmakler, dem Dr. Sabitzer aus der Liliengasse, gefragt, ob und zu welchen Bedingungen ich mich unter Umständen mit dem Gedanken anfreunden könnte, mein Haus hier, in der Großen Sperlgasse, zu verkaufen. Aber natürlich habe ich sofort und dezidiert abgelehnt und dem Herrn gesagt, dass ich mich nicht einmal im Traum mit einem etwaigen Verkauf des Hauses befassen würde. Schließlich handelt es sich, ich bitte Sie, um ein historisches Gebäude aus dem frühen 17. Jahrhundert mit bedeutender Vergangenheit.

Sie wissen vielleicht, dass es bis 1670 das Haus der damaligen jüdischen Gemeinde in der Leopoldstadt gewesen ist und sich dann im Besitz von Seifensiedern und etwa ab der Mitte des 19. Jahrhunderts von Selchern befunden hat. Im ersten Stock gibt es eine schöne Stuckdecke, die 1685, nach der Zweiten Türkenbelagerung Wiens, wiederhergestellt wurde und noch heute ein Schmuckstück ist. Das Haus ist eines der ältesten noch erhaltenen Gebäude der Leopoldstadt, hat in zwanzig Räumen die Geschichte des Justiz- und Polizeiwesens beherbergt und wird sie in absehbarer Zeit wieder beherbergen.

Es waren und werden wieder Dokumente der Kriminalgeschichte vom Mittelalter bis in die Jetztzeit vorhanden sein – wie zum Beispiel die Darstellung eines angeblichen Ritualmords, der seinerzeit den Anstoß zur Vertreibung der Juden aus dem damaligen Ghetto gegeben hat; und viele andere aus frühen Zeiten, wie über die Raubmorde in der Weintraubengasse und der Unteren Augartenstraße und den im Jahr 1910 an der armen Josefine Peer im Prater begangenen Lustmord. Ganz zu schweigen von den Dokumentationen aus dem vorigen, und dann auch 21., Jahrhundert. Ein Gang durch mein Museum ist einer durch dreihundert Jahre des dunklen Wien und wohl einmalig in der Welt, wenn ich so unbescheiden sein darf.

Nein, ich denke nicht im Traum daran, dieses Haus aufzugeben", beendete Paulaner seinen Exkurs. „Auch dann nicht, wenn man seinen Inhalt ermordet hat und den Hausverwalter dazu. Es ist schließlich nicht der erste Doppelmord in der blutrünstigen Geschichte der Mordtaten."

Und mit einem Lächeln: „Ich bitte, mich nicht misszuverstehen, wenn ich im Grunde leblose Exponate und menschliches Leben in einem Atemzug nenne. Aber für mich ist nicht nur der Mensch Nowatschek, sondern sind auch die mühsam zusammengetragenen Exponate mit einer Seele ausgestattet. Es gibt ja überhaupt nichts Seelenloses in dieser und auch in anderen Welten, die wir noch nicht kennen und vielleicht nie kennen lernen werden, Inspektor."

Trautmann hatte als Buddhist weder mit einer menschlichen Seele noch der Seele von Dingen etwas am Hut. Für ihn war alles Existierende nur Phantasmagorie und war nur im Bewusstsein von Leuten vorhanden, die nichts von einer Abfolge von Träumen wussten, die in Wahrheit unser Leben bestimmen.

Nach dem Gespräch mit Paulaner suchte Trautmann den Immobilienmakler Dr. Sabitzer in der Liliengasse auf, um von ihm möglicherweise mehr über den Mann zu erfahren, der das Kriminalmuseumshaus hatte kaufen wollen.

Die kurze Liliengasse liegt im 1. Bezirk, in der Innenstadt, nahe dem Stephansdom, und zieht sich von der Weihburggasse bis zur Singerstraße. In ihr gibt es die beinahe legendäre Eden Bar mit ihren mit Fotos voll gestopften Schaukästen, in denen die meist grinsenden Gesicher fast aller so genannter Prominenten der so genannten besseren Gesellschaft Wiens ausgestellt sind. Weiters findet man in ihr einige kleinere Geschäfte für allerhand teuren Kram.

Die Kanzlei Dr. Sabitzers befand sich im 1. Stock eines ziemlich protzigen Hauses aus den 10er Jahren des vorigen Jahrhunderts, das, im Gegensatz zu vielen alten Häusern des Bezirks, die alliierten Bombenangriffe des Zweiten Weltkriegs unbeschadet überstanden hatte, und sie war noch um eine Spur protziger als das Haus selbst.

Die arrogant wirkende Vorzimmerdame wollte Trautmann zuerst abweisen und ihm einen viel späteren Termin beim Herrn Doktor geben, weil dieser mit Arbeit überlastet und zudem auch nicht im Hause sei.

Aber Trautmann zeigte seinen Ausweis und seine *Dienstkokarde* und verlangte mit Nachdruck, sofort mit dem Makler sprechen zu können, der sicher anwesend war, weil hinter der Tür des Büros eine männliche Stimme zu hören war, die eine Satzkanonade ins Telefon feuerte. Und wenn der sonst ruhig und freundlich sprechende Trautmann einmal nachdrücklich etwas forderte, erreichte er meist, was er wollte. Seine Augen bekamen dann einen irgendwie starren, abwesenden Blick und die Stimme wurde um einiges härter als sonst.

Die Vorzimmerdame schaltete ihr Tischmikrofon ein und hauchte ihrem Chef zu, dass ihn ein Kriminalbeamter namens P. Trautmann unbedingt sofort sprechen wolle, obgleich sie ihm gesagt habe, der Herr Doktor sei überlastet und nur nach einer Terminvereinbarung zu sprechen. Daraufhin öffnete sich die Bürotür und der kleine, dicke Dr. Sabitzer tauchte auf, der, vermutlich damit sein kindliches, rundes Gesicht ein bisschen männlicher wirkte, einen nicht sehr eindrucksvollen Schnurrbart trug, auf dem Kopf aber nur so etwas wie schüttere Flaumbehaarung hatte.

Sabitzer bat Trautmann in sein riesiges Büro, setzte sich in den Lederfauteuil hinter seinem gleichfalls riesigen Schreibtisch, in dem er fast versank, und schaute Trautmann fragend an.

Er wollte zuerst Trautmanns Frage nach dem potenziellen Käufer des Hauses in der Großen Sperlgasse nicht beantworten und verschanzte sich hinter seiner angeblichen Verpflichtung, nicht über seine Klienten zu sprechen und auch deren Identität nicht preiszugeben. Er redete aber, als ihm Trautmann, wieder mit Nachdruck, klar machte, dass er nicht zum Zeitvertreib und zu einem Geplauder, sondern deswegen hergekommen sei, weil er in einem Mordfall ermittle.

„Es tut mir aufrichtig leid, Herr Inspektor, dass ich Ihnen beim besten Willen nicht weiterhelfen kann. Denn der an dem betreffenden Haus interessierte Käufer ist nicht persönlich, sondern durch einen Rechtsanwalt an mich herangetreten. Ich habe dann mit Herrn Hofrat Paulaner ein diesbezügliches Gespräch geführt, aber eine deutliche Absage erhalten. Dieses Faktum habe ich dann dem Anwalt des mir unbekannten Kaufwilligen mitgeteilt, und damit war dieser Fall für mich erledigt.

Im Grunde habe ich mich gewundert, dass dieser Anwalt überhaupt an mich herangetreten ist, denn die angesprochene Liegenschaft ist und war ja nicht in meinem Programm und überhaupt nicht auf dem Markt."

Trautmann suchte dann noch den Rechtsanwalt auf, dessen Namen ihm Sabitzer widerwillig genannt hatte, kam aber auch dort nicht weiter. Der Anwalt besaß von dem präsumptiven Kaufwilligen nur eine Visitkarte, die auf einen gewissen Mag. Anatol Wrischkin hinwies und keine Adresse, sondern nur zwei Handynummern enthielt, die aber von B-Free-Geräten stammten, die nicht mehr in Betrieb waren.

Überdies war ein Mag. Anatol Wrischkin weder in Wien noch sonstwo in Österreich gemeldet und auch nie gemeldet gewesen, und auch die Gespräche mit ein paar Mexikoplatz-Typen, die Trautmann kannte, brachten nichts.

Damit blieb die mysteriöse Geschichte wegen des Ankaufs des Hauses in der Großen Sperlgasse ungeklärt, waren Trautmanns Nachforschungen leere Kilometer gewesen.

14 Kap.

Dann gab es wieder einen schwachen Hoffnungsschimmer, der sich aber für die Aufklärung des Falles *Kriminalmuseum/ Nowatschek* als bloß trügerischer Schimmer erwies, der Trautmann um nichts weiterbrachte.

Es war am 27. September, um 2.34 Uhr, vor einem Café namens „Borobudur" – das außer dem Namen nichts mit der weltbekannten buddhistischen Tempelanlage auf Java gemein hatte – zu einer Auseinandersetzung mit tödlichem Ausgang gekommen. Der Streit zwischen dem fünfzigjährigen Albaner Enver Lleshi und dem dreiundvierzigjährigen Marokkaner Mahmud Muhiar hatte schon im Lokal begonnen, und es war dabei um eine Frau namens Irene Mondschein gegangen.

Die Mondschein war zweiundfünfzig Jahre alt und eine sich am Rande der Auflösung befindende schwere Trinkerin, die sich in den Abend- und Nachtstunden in allen möglichen Lokalen des 2. Bezirks aufhielt, sich Essen und Getränke zahlen ließ und später dafür mit dem Spender den Rest der Nacht in ihrer ebenerdigen Wohnung in der Venediger Au verbrachte.

Irene Mondschein war kein unbeschriebenes Blatt, jeder Lokalbesitzer, die meisten Geschäftsführer der Supermärkte und alle Polizisten der Gegend kannten die aufgeschwemmte, fast zahnlose Frau, die von einer Fürsorgerente lebte, wegen zahlreicher, im Grunde unbedeutender Ladendiebstähle vorbestraft war und jeden Mann zwischen sechzehn und achtzig, der dumm genug war, ihre Zeche zu bezahlen, mit ins Bett nahm.

An diesem 27. September hatte die Mondschein gleich zwei Dumme gefunden, die sie reichlich unter Alkohol setzten und darüber in Streit gerieten, wer mit der Besoffenen ins Bett gehen würde. Bezahlt hatten sie zwar beide, aber die Mondschein wollte nur einen in ihre Wohnung mitnehmen. Zuerst wurde nur lautstark gestritten; als die Auseinandersetzung tätlich zu werden drohte, warfen der Wirt und sein Kellner alle drei aus dem Lokal.

Die beiden Männer setzten draußen ihren Streit so laut fort, dass einige dadurch aus dem Schlaf gerissene Bewohner der umliegenden Häuser aus den Fenstern schauten. Dann begannen die beiden Männer mit den Fäusten aufeinander einzuschlagen, wobei sich der Marokkaner Muhiar als der Stärkere erwies.

Der Albaner Lleshi ging zu Boden und wurde von seinem Gegner mit Fußtritten bearbeitet, raffte sich aber auf und zog aus der einen Hosenröhre ein an der Wade befestigtes großes Messer heraus, mit dem er seinem überlegenen Gegner über die Kehle fuhr. Dabei durchschnitt oder besser zerfetzte er dessen Halsschlagader, was in der Folge zum Verbluten und zum Tod Muhiars führte. Während die beiden Männer noch kämpften, nahm die besoffene Mondschein, vor sich hin brabbelnd, die günstige Gelegenheit wahr und torkelte davon. Nach dem Kampf rannte Lleshi, das blutige Messer in der Hand haltend, in Richtung Novaragasse davon.

Einer der Zeugen am Fenster sagte später vor der ermittelnden Gruppe 4 des *Koats* Zentrum Ost aus, er habe gesehen, wie der Mann mit dem Messer dieses über eine niedrige Mauer in das dahinter liegende unbebaute Grundstück geworfen und dann ein zufällig daherkommendes Taxi angehalten habe, in dem er weggefahren sei.

Der Wirt und der Kellner des „Borobudur" konnten eine ausgezeichnete Personenbeschreibung des Messerstechers liefern. Laut ihnen hatte es sich um einen etwa 1,70 Meter großen und schlanken Ausländer gehandelt, der vielleicht Türke oder Araber war und der dichte schwarze Haare und einen ebenfalls dichten, etwa eine Woche alten Bart hatte. Auffällig an dem

Mann sei gewesen, dass er eine schiefe Haltung, möglicherweise durch eine kaputte Hüfte, gehabt und leicht gehinkt habe.

Bei einer von Trautmann, Dolezal und Lassinger durchgeführten Befragung von Taxilenkern wurde Burschi Dolezal fündig. Ein Fahrer sagte aus, er habe einen Mann, auf den die Personenbeschreibung passen würde, an der Ecke Zirkusgasse/Novaragasse als Fahrgast aufgenommen und sei mit ihm in den 20. Bezirk, in die Traisengasse, gefahren, wo der Mann bezahlt habe und in das Haus Nummer 27 gegangen sei.

Daraufhin fuhren Trautmann und Dolezal zu dieser Adresse, während Lassinger über die Mauer stieg und in dem dahinter liegenden verwahrlosten Grundstück nach der Tatwaffe suchte.

In der Traisengasse läuteten Trautmann und Dolezal die Hausmeisterin heraus, beschrieben ihr den mutmaßlichen Täter und erfuhren, dass es sich um den Albaner Enver Lleshi handeln müsse, der im 2. Stock, auf Türnummer 9, wohne. Dabei äußerte sich die Hausmeisterin ungut über Lleshi, der zwar nicht arbeiten ginge, aber immer Geld habe und ab und zu von Männern besucht werde, die direkt lebensgefährlich, ganz so wie die immer im Fernsehen gezeigten arabischen Bombenleger und Terroristen, aussehen würden. Sie erklärte sich auch dazu bereit, die beiden Kriminalbeamten hinaufzubegleiten, was Trautmann aber ablehnte.

Vor der Wohnung Nummer 9 griff Dolezal unter seine Jacke und zog seine Glock 9 mm heraus.

Aber Trautmann sagte: „Sei nicht schon wieder über-drüber Burschi und steck die *Puffen* wieder zurück. Wenn es sein muss, haben wir ja nicht *in die Ärmel einegschissen*, und ziehen können wir immer noch."

Dolezal steckte seine Glock widerwillig zurück, angelte dafür sein Pfefferspray aus der Tasche und hämmerte, weil er keinen Klingelknopf sah, mit den Fäusten gegen die Tür.

Drinnen rührte sich nichts.

„Polizei!“, sagte Trautmann. „Mach auf Lleshi! Wir wissen, dass du da bist!“ Und als sich drinnen weiterhin nichts rührte, schnauzend: „Mach auf oder wir treten die Tür ein! Und sei nicht deppert, wenn wir einekommen, sonst geht's dir schlecht.“

Er wartete kurz und sagte dann zu Dolezal: „Gemma's an Burschi, marschier durch die Tür. Ich geb dir Schutz.“

Dann zog Trautmann seine Waffe aus dem Hosenbund, lud durch und nickte Dolezal zu. Der ging ein paar Schritte zurück und warf sich dann gegen die Tür, deren morsches Schloss sofort nachgab.

Die Wohnung bestand nur aus Küche und Zimmer. Lleshi saß auf einem Schemel und schaute teilnahmslos auf Trautmann und Dolezal. Er ließ sich widerstandslos festnehmen und *schließen* und schaute ebenso teilnahmslos zu, wie die beiden zunächst nur flüchtig das Zimmer durchsuchten und schon dabei an die zweihundert neue Handys und ebenso viel Armbanduhren fanden. Er gab auf Trautmanns Fragen keine Antwort und ließ sich nur ein „Nix verstehn“ abringen.

Er zeigte den beiden Polizeibeamten einen abgelaufenen albanischen Pass. Nachdem Dolezal die Wohnungstür durch einige Klebestreifen mit der Aufschrift POLIZEIDIREKTION WIEN und dem Bundesadler halbwegs in ihrem Rahmen zu halten versucht und die Polizeiinspektion Leopoldsgasse wegen Sicherstellung der in der Wohnung aufgefundenen, wahrscheinlich gestohlenen Sachen angerufen hatte, ging Lleshi mit Dolezal und Trautmann über die Stiege und an der Hausmeisterin vorbei. Stieg mit ihnen in ihren Pkw, wobei Dolezal fuhr und Trautmann mit Lleshi hinten saß. Gab auf Trautmanns Fragen immer wieder nur ein „Nix verstehn“ von sich und schaute, wie schon in der Küche, teilnahmslos vor sich hin.

Das gleiche „Nix verstehn“ sagte er auch im Kommissariat, weshalb er, weil so früh am Morgen kein Dolmetscher aufzutreiben war, in eine Zelle gesperrt wurde.

Als die drei ins Kommissariat gekommen waren, hatte Lassinger bereits das über die Mauer geworfene Messer gefunden und sichergestellt gehabt. Es handelte sich um ein Messer mit Holzgriff und einer 25 Zentimeter langen, breiten Klinge, die ungefähr in der Mitte sichtlich laienhaft ausgezackt worden war.

Dolezal und Lassinger glaubten, dass dieses Messer auch die Tatwaffe im Museumsmord gewesen war und sie mit Lleshi einen großen Fang gemacht hatten. Sie konfrontierten ihn mit dem Messer, ernteten aber wieder nur teilnahmsloses Starren.

Am Vormittag kam dann der gerichtlich beeidete Dolmetscher, und Trautmann und Oberstleutnant Sporrer begannen Lleshi zu verhören.

Vorher wurden ihm noch die Fingerabdrücke und etwas Speichel für die DNA-Analyse abgenommen, wobei sich herausstellte, dass die Fingerabdrücke im *AFIS* zwar aufschienen, allerdings nicht unter dem Namen Lleshi. Der Mann war zwar Albaner, hieß aber tatsächlich Skender Noli, war 1956 in Elbasan geboren worden und hatte zwei österreichische Vorstrafen wegen Einbruchs, was bedeutete, dass sein Pass gefälscht war.

Im Verhör gab Noli an – oder behauptete jedenfalls sein Dolmetscher –, dass er sich gegen den wesentlich stärkeren Muhiar nur habe verteidigen wollen und deshalb zum Messer gegriffen habe. Von dem Einbruch in das Kriminalmuseum und der Tötung des Hausverwalters wollte Noli nicht nur nichts wissen, sondern behauptete auch, das Museum nicht zu kennen. Er sagte auch, dass es nicht nur wegen der Frau, Irene Mondschein, sondern auch deswegen zum Streit mit dem Marokkaner gekommen war, weil der ihn beim Kartenspiel betrogen habe.

Trautmann, der Noli was seine mangelnden Deutschkenntnissen betraf nicht traute, befragte sowohl die Mondschein als auch Wirt und Kellner des „Borobudur“ und erfuhr, dass Noli sehr wohl Deutsch verstand und, wenn auch sehr gebrochen, sprach.

Noli wurde am selben Tag angezeigt und dem Landesgericht in der Josefstadt überstellt, wo der Staatsanwalt gegen ihn entweder wegen des Paragrafen 75, Mord, oder wegen des Paragrafen 76, Totschlag, Anklage erheben würde. Eine Notwehrüberschreitung erkannte der Staatsanwalt von vornherein nicht an. Eine solche kam wegen des Messers, das als tödliche Waffe anzusehen war, für ihn nicht in Frage.

Einige Tage später ergab auch das Ergebnis der DNA, dass der Messerstecher nicht Lleshi, sondern Noli hieß und weiters, dass die Spuren nicht mit denen aus dem Kriminalmuseum ident waren.

Nach einer gerichtsmedizinischen Überprüfung des Messers stellte sich heraus, dass es keinesfalls die Tatwaffe im Fall Nowatschek gewesen sein konnte. Denn dessen Verletzungen waren derart gewesen, dass die Tatwaffe nicht bloß nur eine, sondern mehrere Einkerbungen gehabt haben musste. Außerdem wurde im forensischen Labor zweifelsfrei festgestellt, dass die in der Wunde Nowatscheks sichergestellten mikroskopischen Rostspuren in ihrer Zusammensetzung nicht mit Nolis Messer übereinstimmten.

Der Modus Operandi war zwar bei Nowatschek und Muhiar der gleiche gewesen – aber sonst stimmte nichts bei den beiden Bluttaten überein.

Noli war zwar ein Einbrecher und hatte den Marokkaner Muhiar getötet. Aber mit dem *Bruch* ins Museum und der Ermordung Nowatscheks hatte er nichts zu tun.

Trautmann konnte also wieder von vorn anfangen, um *seinen* Fall zu lösen.

15

Gegen Ende Oktober saß die Gruppe 4 mit ihrem Oberstleutnant beisammen und redete über einen Fall, den die Sicherheitswache anscheinend nicht lösen konnte.

Es ging dabei um serienweise aufgeschlitzte Autoreifen, Kratzer an Karosserien und abgebrochene Seitenspiegel, die es in letzter Zeit im Viertel gehäuft gegeben hatte.

„Ein Jammer“, sagte Oberstleutnant Sporrer, „dass manche Leut außer solchen Blödheiten nichts zu tun haben.“

Trautmann nickte. „Was willst machen“, brummte er, während er sich seine x-te Zigarette an diesem Tag rollte, „die Trotteln sterben halt nie aus.“ Er war davon überzeugt, dass sich deren Zahl in den letzten Jahren sogar potenziert hatte.

Ungut bei dem Ganzen war nur, dass, nachdem die Uniformierten bei dieser Geschichte *voll die Gurken* hatten, jetzt die *Kiberei* ermitteln sollte. Der hatten die obergescheiten Polizeireformer jede Menge Kompetenzen weggenommen, weil die jetzt die *Superkiberer* von der Kriminaldirektion hatten, und den *Bezirkskiberern* wurden Sachen aufgehalst, die zum Lachen waren.

„Ich glaube“, sagte Trautmann zu seinem Oberstleutnant, „dass wir …“

Er brach ab, weil sein Telefon läutete, hob ab, meldete sich und sagte dann: „Logisch interessiert mich das, Horky. Und wie auch noch. Ich bin schon unterwegs.“

Trautmann legte den Hörer zurück auf die Gabel, arbeitete sich aus seinem Sessel hoch, ging zur Tür und sagte dabei: „Tuts derweil ohne mich weiter. Ich hab da …“ Er beendete den Satz nicht, sondern ging aus dem Zimmer.

„Das ist wieder typisch“, ätzte Dolezal. „Steht auf, lässt einen *Schas* und geht. Sagt nicht, was eigentlich los ist, weil die Hauptsache ist, dass er weiß, wo er hingeht.“

Trautmann ging nicht sehr weit, sondern bloß ins Erdgeschoß, in die Räume der Polizeiinspektion. Die diensttuende Polizistin im ersten Raum deutete zum Zimmer des Wachkommandanten, dessen Tür nur angelehnt war.

Trautmann stieß sie ohne anzuklopfen auf und sah gegenüber dem Wachkommandanten eine etwa vierzigjährige Frau sitzen, die aus mehreren Platzwunden im Gesicht blutete und von einem jungen Polizisten notdürftig versorgt wurde. Das linke Auge der Frau war fast ganz geschlossen, so geschwollen war es, und die Oberlippe war aufgeplatzt und ebenfalls geschwollen.

Auf dem Tisch des Kommandanten standen ein großes Glas Wasser und ein Aschenbecher. Sowohl der Kommandant als auch die Frau rauchten.

Der Wachkommandant schickte den jungen Polizisten weg und sagte zu der Frau: „So, Frau Sterneder. Ich hab jetzt einen Kollegen kommen lassen, den Ihre Geschichte interessieren wird.“ Und zu Trautmann: „Die Frau da ist von ihrem Mann zsammengeschlagen worden. Siehst eh. Sie ist von selber zu uns gekommen und …“ Er schaute auf die Frau. „Also, dann erzählen S’ dem Kollegen, was gewesen ist.“

Die Frau drückte ihre Zigarette aus, trank einen Schluck Wasser und sagte stockend zu Trautmann: „Der Gusti ist wieder *bummzua* und *angsoffen wie ein Häusltschick*. Er …, er haut mich ja oft, aber heut war er besonders … Jedenfalls, Inspektor – ich sag kaum ein Wort, dass er … Das hab ich ja schon lang aufgeben, weil … Wenn er nüchtern ist, ist er eh der beste Mensch. Aber heute … Kaum, dass ich ein Wort …, da geht er her und haut auf mich hin, bis ich … Ich bin ja umgefallen und dann …

Treten hat er mich auch, in den Bauch, obwohl er weiß, ich hab die Regel, wie man sagt. Und …“

„Wir haben vorsichtshalber die Rettung verständigt“, sagte der Wachkommandant. „Wir wissen ja nicht, ob Frau Sterneder nicht auch innere Verletzungen hat. Außerdem muss, glaub ich, zumindest der Cut über dem Auge mit ein paar Stichen genäht werden. Es wird aber dauern, haben die gesagt, wenn keine Lebensgefahr vorliegt, weil sie alle Hände voll mit einem Unfall auf der Tangente zu tun haben. Jedenfalls ist ein Wagen von uns zum Herrn Gemahl unterwegs und muss jeden Augenblick zurückkommen. Dann werden wir …“

Und in einem anderen Ton: „Na, die Gschichten kennst du ja eh. Aber jetzt kommt das, weswegen ich dich angerufen hab.“

Der Wachkommandant schaute die Frau an und sagte weich: „Also, Frau Sterneder, jetzt erzählen S’ dem Kollegen, was Ihr Mann gesagt hat, wie S’ schon auf dem Boden gelegen sind.“

Die Frau zündete sich mit zitternden Händen eine neue Zigarette an, trank einen Schluck Wasser und begann hemmungslos zu weinen.

Trautmann legte ihr kurz seine Hand auf den Unterarm, rollte sich dann eine Zigarette, zündete sie an und sagte paffend: „Na, dann reden S’, Frau. Und tun S’ Ihnen beruhigen. Also, was hat Ihnen Ihr Mann gesagt?“

„Dass er, wenn ich zur Polizei geh oder überhaupt wem was sag …“ Sie schluckte und sagte sehr leise: „Er sagt, er…, dass er mich dann absticht wie eine Sau.“

Und hysterisch: „ Er sticht mich ab wie den Nowatschek aus dem Museum! Er …“

Sie ließ ihre Zigarette in den Aschenbecher fallen, legte den Kopf auf die Arme und begann wieder so zu weinen, dass es sie schüttelte.

Trautmann stand auf, stellte sich neben die Frau, strich ihr ungewohnt sanft über das Haar und sagte: „Tun S’ Ihnen beruhigen, Frau Sterneder. Ist ja jetzt alles vorbei. Ist ja schon gut. Sie werden Ihren Mann eine Zeit lang nicht sehen. Der kommt nicht vor einem halben Jahr wieder raus. Und wenn er dann zurückkommt und Ihnen auch nur mit dem kleinen Finger antupft, kriegt er es mit mir zu tun und wird bedauern, dass er auf die Welt kommen ist."

Und zum Wachkommandanten: „Vielleicht haben wir ihn jetzt. Könnt ja sein, dass …"

Er hob den Kopf der Frau Sterneder und sagte ruhig: „Frau Sterneder! Sind S' jetzt ganz ruhig und denken S' nach, bevor S' was sagen. Haben S' zuhaus vielleicht ein großes Messer, dessen Klinge entweder einen weiten Wellenschliff oder Scharten hat?"

„Nein. Wir haben ein goßes Messer, aber das hat keine Scharten. Und zwei kleine, die was Scharten oder einen Wellenschliff haben, aber die sind keine fünfzehn Zentimeter lang. Warum wollen S' das wissen?" Und mit flackernden Augen: „Ist vielleicht der Mann aus dem Museum mit einem solchen Messer …"

„Genau wissen wir das nicht", unterbrach sie Trautmann. „Ich hab ja nur gefragt." Und nach einer kurzen Pause: „Noch was tät ich gern wissen: Anfang September, am 6., das waren der Tag und dann die Nacht, wo es so stark geregnet hat: Ist da Ihr Mann in der Nacht vom 6. auf den 7. zuhaus gewesen?"

„Ja. Zuhaus ist er immer in der Nacht. Weil saufen tut er ja schon am Tag so viel, dass er am Abend nachhaus kommt, weil er nimmer weiß, wo vorn und hinten ist. Wenn er besser beinand ist, streitet er mit mir und haut mir ein paar runter, aber dann fallt er wie ein Sack ins Bett und rührt sich nimmer."

Trautmann wollte noch etwas sagen, kam aber nicht mehr dazu, weil die Rettungsleute, die ohne Horn vorgefahren waren, hereinkamen und die Sterneder aus dem Raum führten.

Während sich der Arzt vom Wachkommandanten eine kurze Personeninformation holte, schleppten zwei Uniformierte den sichtlich schwer betrunkenen Ehemann Gustav Sterneder ins Zimmer des Wachkommandanten und drückten ihn auf denselben Sessel, auf dem bis vor kurzen seine misshandelte Frau gesessen war.

Trautmann blieb beim anschließenden ersten Verhör mit dem für einen Gewalttäter ausgesprochen schwächlichen, mageren Mann im Zimmer und hörte sich ebenfalls an, was Gustav Sterneder zu sagen oder vielmehr zu lallen hatte.

Er war wie üblich schwer betrunken nach Hause gekommen, hatte seine Frau angeschaut und gewusst, dass sie wieder keppeln und ihr durch ihn ruiniertes Leben beklagen werde. Da habe es in ihm einen Knacks gemacht und er wisse eigentlich gar nicht genau, was dann gewesen sei. Möglich, dass er ihr eine oder zwei Watschen runtergehauen, sie vielleicht auch nur weggestoßen habe.

Dann habe sie geschrien und sei davongerannt, und er habe sich eine Dose Bier aus dem Eiskasten genommen, um seinen innerlichen Brand zu löschen. Dann habe sein Nachbar angeklopft und gefragt, was da los sei und dass er die Polizei holen werde. Er, Sterneder, habe dem aber bloß das Götz-Zitat zugerufen und sich dann auf das Bett gelegt, weil ihm schwindlig geworden sei.

Irgendwann habe es dann wieder geklopft und irgendwer habe von draußen etwas gesagt. Weil er nicht geantwortet habe, seien auf einmal zwei Polizisten durch die nicht verschlossene Wohnungstür hereingekommen; sie hätten ihn gepackt, mitgenommen und seien mit ihm daher, ins Kommissariat, gefahren. Ja, und einer der beiden habe die Wohnungstür zugesperrt und die Schlüssel an sich genommen.

Der Wachkommandant entschied, dass Sterneder bis morgen zur Ausnüchterung in den Arrest des *Koats* kommen sollte. Das eigentliche Verhör sollte erst stattfinden, wenn der Mann wieder nüchtern und imstande war, wirklich zu verstehen, was man ihn fragte, und sich dazu äußern konnte.

Während der eine Polizist den in sich zusammengesunkenen Sterneder aus dem Zimmer führte, legte der andere den einbehaltenen Schlüsselbund auf den Tisch des Kommandanten und ging ebenfalls.

Trautmann schaute den Wachkommandanten an, griff nach den Wohnungsschlüsseln und sagte erklärend: „Ich borg sie mir für eine halbe Stunde oder so aus, dann kriegst sie eh wieder." Und, indem er eines seiner unteren Augenlider hinunterzog: „Ich weiß eh, was Vorschrift ist, Alter. Etwas, was auf einem Papierl steht. Aber wir alte Hund nehmen das nicht immer so ganz wörtlich. Weil wir wissen, dass Papier geduldig ist und man alles Mögliche draufdrucken kann."

„Gern hab ich das aber nicht", sagte der Wachkommandant. „Aber soll's halt sein, weilst es du bist und wir schon Jahrzehnte zusammenarbeiten. Was willst denn in der Wohnung?"

„Einen Blick hineinwerfen. Wegen dem Messer. Sonst mach ich eh nichts." Dann fragte Trautmann: „Wo, hast du gesagt, wohnen die Leute?"

„Ich hab noch gar nichts gesagt. Aber weil du es bist: Zirkusgasse 28, Tür 16." Und mit einem Lächeln: „Also, dann tummel dich. Und wenn ich die Schlüssel nicht in null Komma nichts wieder auf dem Tisch hab, schneid ich dir die Eier ab."

„Erstens kriegst die Schlüssel noch früher zurück", grinste Trautmann. „Und zweitens sind meine Eier eh nimmer viel wert. Also, dann baba, Alter."

Die flüchtige Durchsuchung der verwahrlosten Wohnung brachte Trautmann nicht weiter. In ihr lag überall entweder gebrauchte oder gewaschene, aber nicht gebügelte Wäsche. Neben einem Bett lagen verstreut alle möglichen Zeitungen und Journale. In der Abwasch türmte sich schmutziges Geschirr und ebensolches Besteck, unter dem es zwar das von der Frau erwähnte große Messer gab, dessen Klinge jedoch weder Zacken noch Einschliffe hatte.

Trautmann ging ins *Koat* zurück, legte dem Wachkommandanten die Wohnungsschlüssel auf den Tisch und brummte: „Dank dir schön, Alter. Du hast bei mir was gut."

Dann fuhr er mit dem Aufzug zu den Kriminalbeamtenzimmern, ging in das der Gruppe 4 und fand dort nur Burschi Dolezal und Lassinger vor.

„Der Oberstleutnant wird dich gleich zur Sau machen", sagte Lassinger.

„Und mit Recht", sekundierte Dolezal. „Weil ein normaler Mensch rennt nicht ohne ein Wort zu sagen aus einer Besprechung davon. Übrigens: Um was ist es denn gegangen? Du warst ja ewig lang weg!"

„Eigentlich um nichts, Burschi", brummte Trautmann. „Es hätt nur sein können, dass …" Dann ging er zur Tür. „Wenn was ist, ich bin jetzt beim Chef. Ihr könnts mir derweil einen Kaffee herrichten. Es wird ja nicht lang dauern."

Lassinger stand auf und ging zur Kaffeemaschine. „Bleib sitzen", sagte Dolezal. „Wenn der Trautmann einen Kaffee will, soll er ihn sich selber machen. Er hat ja zwei gesunde Hände. Wir sind nicht dem sein *Schammes*. Wenn er sich seine *Stinkadores* selber wuzeln kann, wird er auch noch einen Kaffee zusammenbringen. Außerdem kriegt er vielleicht eh vom Chef einen. Der sauft ihn ja auch literweise."

Trautmann bekam, nachdem er den Grund seines überstürzten Weggangs aus der Besprechung genannt, die Durchsuchung der Wohnung jedoch verschwiegen hatte, vom Oberstleutnant einen Anschiss, der sich gewaschen hatte.

„Du hast sitzen zu bleiben, wenn dein Abteilungskommandant eine Dienstbesprechung abhält, und erst dann zu gehen, wenn die beendet ist – erstens. Und zweitens: Wenn du schon wegrennst, solltest du zumindest sagen, warum und wohin. Und drittens hab ich dir schon x-mal gesagt, dass der Fall Kriminalmuseum nicht unsere, sondern die Sache der Kriminaldirektion 1, Gruppe Gewalt, ist. Soll ich dir das in Spiegelschrift auf dein Hirn tätowieren lassen, damit du immer, wenn du dich in den Spiegel schaust, siehst, was dich einen Scheißdreck angeht?! Ich weiß nicht, was ich verbrochen hab, dass mich unser Herrgott so mit dir geschlagen hat!"

„Herrgott gibt's keinen", sagte Trautmann, rollte sich eine Zigarette und versuchte dann abzuwiegeln. „Du kennst mich, Karli. Und im Prinzip bin ich es gewesen, der dich seinerzeit angelernt hat, wie du als junger *Kiberer* in die Leopoldstadt gekommen bist. Und ich hab mich auch für dich gefreut, wie du in den Offizierskurs kommen und Leitender worden bist. Ich weiß auch und sag es jedem, dass du einer der besten *Kiberer* von Wien bist."

„Na und? Was hat das mit deinen dauernden Eigenmächtigkeiten zu tun? Wenn du so weitermachst, ziehen sie dir eines Tags eine Uniform an und versetzen dich zum Verkehrsunfallkommando oder an irgendeinen Schreibtisch, wo du außer Nasenbohren nichts zu tun hast."

„Kann alles sein", brummte Trautmann paffend. „Für mich zählt nur das Jetzt, Karli. Ob ich morgen tot umfalle oder versetzt werde oder eine Million Euro beim Tripeljackpot vom Lotto gewinn, weiß ich nicht. Niemand weiß es. Aber was ich jetzt weiß, Karli, ist, dass ich keine Ruh hab, solang die Museumsgeschichte nicht von *mir*, und nicht von irgendwelchen *Christkindln* aus der Direktion, gelöst worden ist. Abgesehen davon, dass die eh schon *den Hut draufgehauen* und den Akt *auf Frist gelegt* haben. Die Geschichte ist *meine*, Karli. Und ich werd sie lösen. So schaut es aus, und wenn ihr mich ans Haustor vom *Koat* annagelt."

Trautmann wurde weder angenagelt noch versetzt, und er musste sich auch nicht seinen Kaffee selber kochen.

Aber Gustav Sterneder hatte mit dem Museumsfall nichts zu tun. Er kassierte zwar ein Jahr nach Paragraf 83 und folgende Strafgesetz, welche von Körperverletzungen handeln, da es seine bereits dritte Verurteilung wegen dieses Delikts war, und es blieb offen, ob ihn seine Frau nach Verbüßung der Strafe wieder aufnehmen würde.

Aber unter den vielen gesicherten Fingerabdrücken im Kriminalmuseum war keiner mit seinen ident, und auch seine DNA wies keine Übereinstimmung mit den von Nowatschek abgenommenen Spuren des Täters auf.

16

Man schrieb bereits Anfang November und Trautmann war bei seinen einzelgängerischen Ermittlungen keinen Schritt weitergekommen. Auch eine weitere neue Spur endete wie alle vorhergehenden in einer Sackgasse.

Er hatte, wie so oft, den Abend im „Marktcafé“ verbracht und sich von der Blauensteiner erklären lassen, dass sie jetzt aber wirklich den Mann fürs Leben gefunden hatte und im Zuge dessen wahrscheinlich sogar ihre Partnerschaft mit der Horak lösen und das gemeinsame Wohnen beenden würde.

„Weil mich das ganze Kaffeehaus, was eh mehr schlecht als recht geht, langsam anzipft. Damit sag ich nichts gegen die Horak Hansi, was immer meine liebste Freundin bleiben wird. Aber die paar Leut, was jeden Tag bis in die Nacht da herinnen herumhängen, pack ich langsam nimmer.“

„Aber, geh“, sagte Trautmann. „Was hast du denn auf einmal gegen uns? Wir sind doch alles liebe und nette Burschen und freuen uns immer, wennst einen neuen und endgültigen *Haberer* hast. Und besonders ich hab ja immer schon ein Auge auf dich gehabt, aber nur nichts gesagt, weil ich um gute fünfzehn Jahre älter als du bin.“

Damit kam er bei der Blauensteiner aber nicht durch, die ja wusste, dass es Trautmann nicht ernst meinte. Der war für sie ein Typ, der eh seine Frauen gehabt hatte und der jetzt keine mehr wollte – oder der ganz einfach vom vielen Leberkässemmelfressen, Kognak-und-Kaffee-Saufen und vom Ununterbrochen-Selbstgedrehte-Rauchen nicht mehr konnte und froh war, wenn er einen noch halbwegs geraden Strahl ins Pissbecken brachte.

Sie ließ sich dann aber doch vom Stammgast Ferdl dazu überreden, von ihrem Traumlover zu berichten, und ließ die Musicbox dabei den Uraltsong *Diesmal muss es Liebe sein und nicht nur Liebelei* spielen.

„Manche", sagte die Blauensteiner dann, „haben ja was gegen die Elizabeth Spira und ihre Sendung über Liebesgeschichten und Leut, die was einen anderen suchen. Aber ich schau mir die jedes Mal an. Wir haben ja in der Küche vom Kaffeehaus einen kleinen Fernseher, und wenn ich dort hinten eine halbe Stunde schau, geh ich eh keinem ab."

„Mir gehst du aber schon ab", raspelte der unterstandslose Rudi. „Ohne dich wär das ‚Marktcafé' wie ein Tag, wo keine Sonne scheint."

Aber Ferdl sagte bloß staubtrocken zur Blauensteiner: „Mir gehst du sogar nicht ab, wennst vor mir stehst, Poldi."

Trautmann bestellte für sich und Rudi je einen kleinen Kognak und für sich noch einen großen, extraschwarzen Espresso, rollte sich eine Zigarette und sagte zur Blauensteiner: „Hör nicht auf die anderen. Ich möchte gern wissen, was mit dieser Spira-Sendung los ist."

„Das ist los, dass ich in der letzten Sendung einen Mann gesehen hab, der mir gleich sympathisch war. Beamter, seit einem Jahr verwitwet, mit schöner Wohnung, Auto und Segelboot an der Alten Donau, der was eine wie mich sucht."

Sie ließ den *Hadern* über die Liebe nochmals laufen und setzte fort: „Ich hab gleich angerufen und den Heli ein paar Tage später in der Aida am Stephansplatz getroffen. Wir haben geredet, wie wenn wir uns schon immer kennen täten und … Aber das geht euch *Wichser* nichts an. Jedenfalls werden wir …"

Trautmann hörte nicht weiter zu. Trank seinen Espresso aus, zahlte und ging. Er hatte die Liebesgeschichten der Blauensteiner, die super begannen, aber ein ungutes Ende fanden, langsam satt bis zu den Nasenlöchern.

Es war ein kalter Wind aufgekommen, weshalb Trautmann den Kragen seiner Jacke aufstellte und seine zerknüllte Wollmütze aus der Tasche zog, um sie aufzusetzen. Seine Glatze war mit den Jahren anstatt abgehärtet immer empfindlicher geworden und eine Erkältung oder ein Schnupfen war etwas, das er momentan überhaupt nicht brauchen konnte.

Als er am „Café 69" vorbeikam, sah er den Zuhälter Brunngraber, der wegen seiner geringen Körpergröße der *Abgezwickte* genannt wurde, draußen stehen und einen *Stumpen* rauchen. Der *Abgezwickte* war zwar nur 1,60 Meter groß und wog keine siebzig Kilo, war aber trotzdem im Milieu geachtet und zum Teil auch gefürchtet, weil er so schnell wie kein anderer den *Fisch* zog, wie man im Milieu das Messer nannte.

Der Name des Cafés bezog sich auf die sexuelle Position, in der Mann und Frau gleichzeitig einander mit Lippen und Zunge zum Orgasmus bringen. Dementsprechend war das „Café 69" ein Huren- und Zuhältercafé, in dem sich die Zuhälter mit Kartenspiel die Zeit vertrieben, während ihre Huren draußen auf Kunden lauerten.

Brunngraber schaute schläfrig auf Trautmann, deutete mit zwei Fingern ein Salutieren an und sagte schleppend: „Servus, *Kiberer*."

„Servus, *Abzwickter*", brummte Trautmann und wollte vorbeigehen, aber Brunngraber hielt ihn an der Jacke fest und sagte, ohne den *Stumpen* aus dem Mund zu nehmen: „Du bist doch geil auf den Typen, was den Hausverwalter aus dem Verkehr zogen hat. Oder?"

„Urgeil", sagte Trautmann. „Und warum sagst mir das? Das weiß doch eh jeder."

„Eben. Aber es könnt sein, dass ich da was weiß, was du vielleicht nicht weißt." Brunngraber nahm den *Stumpen* aus dem Mund, schaute ihn an und warf ihn lässig in das Rinnsal. „Was man so hört, glaubts ihr Mutterln ja alle, dass der Nowatschek so *frank* wie ein Ministrant war. Und mit nichts was zu tun gehabt hat. Schon gar nichts mit der Szene."

„Richtig, o. k. Und warum sagst du, wir sind Mutterln? Weißt du wirklich was, was ich und die Kollegen nicht wissen?"

„Ich glaub schon."

„Und was?", fragte Trautmann ungeduldig. „Wennst was weißt, dann *leg nieder*. Und wenn nicht, *halt die Goschen* und schleich dich ins Kaffeehaus retour."

Der *Abgezwickte* trat näher an Trautmann heran. „Was den Nowatschek angeht, so glauben alle, er hat mit niemandem was zu tun gehabt, schon gar nicht mit uns. Aber wer's glaubt, wird, wie man sagt, vielleicht selig, weiß aber einen *Schas*."

„Du weißt aber schon was, oder", sagte Trautmann und der *Abgezwickte* grinste. „Logo, weil das gehört ja zu meinem Geschäft. Genauso wie, dass eine Hand die andere wäscht." Er rückte noch näher an Trautmann heran und sagte: „Wir da, unsere *Partie*, haben das ‚69'. Und die andere, wo der Denk-Schurli der Macher ist, sitzt im ‚Auf Bewährung' in der Mayergasse."

Das kleine Lokal „Auf Bewährung" war eines der miesesten Lokale der Leopoldstadt. Auch dort saßen Zuhälter, aber keine solchen wie im „69", sondern so genannte *Burenhäutelzuhalter*. Weil ihre Huren so wenig Geld einbrachten, aßen die Zuhälter meist an den zahlreichen Burenwurstständen, weil es dort billig war. Die im „Auf Bewährung" sitzenden Männer hatten, wenn man es zusammenrechnete, insgesamt mehr als dreihundert Jahre Haftstrafen hinter sich und waren voll *unkoscher*. Sie spielten, um ihre Finanzen aufzubessern, manchmal auch Karten mit unbedarften Leuten, die sie zwar einmal gewinnen, dann aber regelmäßig verlieren ließen. Und sie hatten die Tendenz, ihre Huren auch auf Striche zu schicken, die zum Rayon anderer *Partien* gehörten.

„Das weiß ich", sagte Trautmann. „Und?"

„Und dorthin ist der Nowatschek, was der Hausverwalter vom Kriminalmuseum war, manchmal gegangen und hat mit den Burschen gespielt und Berge verloren. Zum Schluss war er denen mit, wie man *unter der Hand* hört, mehr als 1.000 Euro in der Kreide und hat nicht gezahlt. Angeblich hat er sogar gedroht, er zahlt überhaupt nicht, weil er über die Burschen was weiß, was die Polizei interessieren könnt."

Der *Abgezwickte* grinste wieder. „Es geht ja viel, *Kiberer*, aber halt nicht alles. Oder? Darum ist es gut möglich, dass irgendwer aus dem ‚Auf Bewährung' den Nowatschek *gemacht* und sich dann das Geld aus dem seiner Wohnung geholt hat. Angeblich hat der Nowatschek ja im Lotto einen Haufen gewonnen, den *Flieder* aber zuhaus aufgehoben."

„Gut, o. k.", brummte Trautmann, „das lässt sich überprüfen. Wenn's stimmt. Und wer, sagt man *unter der Hand*, könnt da den Nowatschek *gemacht* haben? Der Denk-Schurli?"

„Nein. Aber vielleicht der Schwarzinger", sagte der *Abgezwickte*. „Aber von dem hab ich dir kein Wort gesagt, logo? Wir zwei haben heut überhaupt nicht miteinander geredet – oder?"

Trautmann begann sich eine Zigarette zu rollen und schüttelte den Kopf. „Wir haben uns nicht gesehen und können daher auch nicht miteinander geredet haben."

Dann ging Trautmann weiter und der *Abgezwickte* verschwand wieder im „69".

Aber auch diese Unter-der-Hand-Geschichte war ein Flop. Nowatschek war zwar ein paar Mal im „Auf Bewährung" gewesen und hatte dort Karten gespielt. Aber er hatte weder im Lotto noch sonstwo eine nennenswerte Summe gewonnen und seine Spielschulden hatte er immer gleich bezahlt.

Außerdem zeigte sich, dass der *Abgezwickte* bezüglich des Schwarzinger nicht informiert gewesen war. Der Nowatschek war Anfang September umgebracht worden. Der denunzierte

Josef Schwarzinger war aber bereits im Juli im Wilhelminenspital an Bauchspeicheldrüsenkrebs verstorben.

Und alle Leute aus dem „Auf Bewährung" schworen entweder beim Leben ihrer Mutter oder bei ihrem Augenlicht, dass die Geschichte von den angeblich nicht bezahlten Spielschulden Nowatscheks erstunken und erlogen und von einem Sauhund verbreitet worden war.

Im Moment schaute es ganz danach aus, als würde der Fall *Kriminalmuseum/Nowatschek* bei den „Ungeklärten" eingereiht werden. Denn Trautmann erfuhr von seinem Kollegen Hollndonner, dass die Gruppe Gewalt ihre diesbezüglichen Ermittlungen eingestellt und diese Geschichte zumindest vorläufig *auf Frist gelegt* hatte.

Trautmann sah sich als *Lonesome Cowboy*, dessen Pferd verreckt war und der jetzt mit dessen Sattel auf dem Rücken durch eine Savanne in Richtung Unbekannt dahinstolperte. Denn er konnte jetzt auch nicht mehr mit der Hilfe seiner Kollegen Dolezal und Lassinger rechnen, denen diese Geschichte und seine Sturheit schon zum Hals heraushingen.

Hollndonner hatte zwar gesagt, dass die Gruppe bei jeder von einem Festgenommenen sichergestellten DNA-Probe darauf achten würde, ob sie mit den an Nowatschek sichergestellten Spuren übereinstimmte. Aber das hatte nichts auf sich, das war bloßer *Blimmelblammel*, von Hollndonner nur dahingesagt, damit er überhaupt was sagte. Durch eine zufällige DNA-Übereinstimmung auf den Mörder Nowatscheks zu stoßen, war so, als würde man am menschenüberfüllten Strand von Jesolo oder Caorle nach einem bestimmten Sandkorn suchen.

Aber aufgeben würde er, Trautmann, der älteste Hund im *Koat* Zentrum Ost, justament nicht. Schließlich hatte es in der Kriminalgeschichte schon Zufälle gegeben, die niemand auch nur andeutungsweise für möglich gehalten hätte.

17

Es gibt die *Vereinigung Österreichischer Kriminalisten*, der sowohl aktive als auch pensionierte Kriminalbeamte wie auch ein paar interessierte außenstehende Leute angehören. Diese treffen einander einmal im Monat in einem Lokal mit dem sprechenden Namen „Planquadrat“, das von einem ehemaligen Kriminalbeamten geführt wird. Manchmal finden sich zu diesem Treffen nur ein paar *Kiberer* ein, manchmal sind es über dreißig – das kommt auf die Lust der Teilnehmer und auf die Diensteinteilung der noch Aktiven an.

Das Lokal ist gegenüber der Rossauer Kaserne und es wird dort viel und gut gegessen und getrunken. Die Luft ist schwer von Rauch, und vor allem wird bei diesen Treffen viel geredet, werden Erfahrungen ausgetauscht, unbeliebte Vorgesetzte nach allen Regeln der Kunst auseinander genommen, und auch über die jeweiligen persönlichen und familiären Angelegenheiten wird gesprochen. Natürlich kennt jeder jeden, man hat schließlich mit dem oder jenem zusammengearbeitet oder tut das noch, und viele haben vor Jahren miteinander die Polizeischule und dann weiterbildende Kurse besucht.

Auch Trautmann ging ab und zu zu diesen Treffen, aber kaum öfter als drei- bis viermal im Jahr. An einem Donnerstag war es wieder einmal so weit.

An diesem Tag war kaum eine Hand voll Kollegen da, aber Trautmann traf den krankheitshalber unlängst pensionierten Oberst Pregesbauer, mit dem er, als beide noch jung waren, in der Polizeischule, wenn auch in verschiedenen so genannten Kameradschaften, beisammen gewesen war und mit dem er später einige Jahre im selben Kommissariat Dienst gemacht hatte.

Pregesbauer war weiter als Trautmann gekommen. Denn während Trautmann mit Müh und Not nur so genannter dienstführender Abteilungsinspektor geworden war, hatte es Pregesbauer zum Oberst und damit zum Leitenden gebracht.

Pregesbauer bezeichnete sich selbst sarkastisch als alten Trottel, war Eidetiker, hatte also ein Gehirn, in dem alles, was er irgendwann gesehen hatte, wie eingebrannt war. Das hatte ihm bei seiner Arbeit sehr geholfen; er brauchte keine Fotos oder Notizen von einem Tatort oder von einem Ereignis, um – selbst Jahre später – ein genaues Bild vor Augen zu haben.

Er fragte Trautmann unter anderem, wie sich der Fall *Kriminalmuseum/Nowatschek* entwickelt habe, und hörte sich Trautmanns mögliche Theorie an, dass sich einer, dessen Untat im Museum dokumentiert war, hatte rächen wollen. Er meinte aber ebenfalls, dass ein echter *Galerist* eher stolz sein würde, gleichsam für immer für die Nachwelt festgehalten worden zu sein, auch wenn er seine Strafe längst abgebüßt hatte. „Du kannst dir über alles alle möglichen Theorien zurechtlegen", sagte Pregesbauer. „Gedanken sind zollfrei und wenn sie noch so absurd sind. Möglich ist alles, und wenn alles verkehrt rennt, schießt sogar ein Besenstiel. Es gibt in unserem Geschäft nichts, was es nicht gibt. Ich tät mir an deiner Stelle noch einmal die Liste vom Paulaner anschauen. Nur so, weißt, nur so drüberschauen. Und vielleicht fällt dir dann per Zufall was auf, was du, wie die Burschen von der *Gewalt*, übersehen hast. Irgendeine Randfigur …"

Trautmann schaute ihn stumpf an. „Zumindest ich hab nichts übersehen, Alter. Hundertprozentig nicht. Ich hab die Liste so durchgeackert, dass ich sie auswendig kann."

„Kann sein", sagte Pregesbauer und bestellte sich noch ein Achtel Rotwein und ein Salzstangerl – die Salzstangerln waren im „Planquadrat" besonders knusprig. „Glaub ich dir ja. Aber wennst magst, kannst mir dem Paulaner seine Liste kopieren und ich werf einen Blick drauf. Wenn's nichts bringt, so schadet's auch nicht."

Trautmann versprach Pregesbauer, ihm eine Kopie zu schicken; dann mischten sich die beiden ins allgemeine Gespräch, das sich um die neuen Uniformen der Polizei drehte.

Die meisten vertraten die Meinung, dass die alten Uniformen gut gewesen waren und keiner Änderung bedurft hätten. Die Leute wären an das Grün der Uniformen und auch an das bisherige Logo der Polizei gewöhnt und es brächte überhaupt nichts, wenn die Polizei jetzt in Blau herumlaufen würde. Und warum sollte an den Wachzimmern, die hundert Jahre so geheißen hatten, jetzt aber – weil man die Deutschen bei jeder Gelegenheit nachahmen wollte – in Polizeiinspektionen umbenannt worden waren, warum sollte an diesen statt der rot-weißen Tafel über dem Eingang der jeweiligen Dienststelle eine blau-rote hängen, von der das Wort POLIZEI schlecht abzulesen war?

Und überhaupt waren die Änderungen im Rahmen der Reorganisation der Polizei, die jetzt mit der seinerzeitigen Gendarmerie verschmolzen war, nicht mehr als ein *Schas* im Wald. Aber neue Besen kehrten eben gut und neue Minister und arschkriechende Vorgesetzte wollten sich halt um jeden Preis profilieren.

Es wäre weit besser gewesen, war die allgemeine Meinung, statt den immer mehr werdenden Streifenwagen die Polizisten im Rayon gehen zu lassen, wo sie mit der Bevölkerung mehr persönlichen Kontakt hatten und leichter etwas erfahren konnten, als wenn sie im Auto saßen und bloß aus dem Fenster auf die Leute glotzten. Auch würde die Zusammenlegung der bisherigen dreiundzwanzig Kriminalkommissariate auf fünf kaum etwas außer eine Verunsicherung der *Kiberer* bringen, die jetzt auf einmal in Bezirken agieren mussten, wo ihnen das meiste und vor allem das Milieu fremd war.

Aber gegen den Wind konnte man eben weder Klavierspielen noch pissen, und was war, das war. Also ging man daran, sich ein gutes Essen und Bier zu bestellen, damit man nicht vom Fleisch fiel, und wechselte auf ein Gebiet, wo es auch viel zu kritisieren gab, nämlich das jämmerliche Abschneiden der Fußballnationalmannschaft, in der elf ausgesprochene *Christkindln* vergeblich dem Ball nachrannten, während ein paar andere, noch größere *Christkindln* auf der Ersatzbank saßen und mit ihren Zehen spielten. Man kam zu dem Schluss, dass alles nichts mehr und jedenfalls viel schlechter als in früheren Zeiten war.

An einem der nächsten Tage schickte Trautmann seinem Freund Pregesbauer die Liste der Exponate und Dokumente, die im Kriminalmuseum ausgestellt gewesen waren, und es dauerte nicht lang, bis Pregesbauer anrief und ein Treffen vereinbarte.

Die beiden saßen einander im ersten Stock eines Cafés mit der Adresse Am Graben gegenüber. Pregesbauer schaute durch die großen Fenster auf die Menschen, die wie Ameisen da- und dorthin liefen, darunter viele Touristen, die alles und jeden fotografierten und sich so gebärdeten, als sähen sie zum ersten Mal mehrstöckige Häuser. Besonders die Pestsäule und die paar überhaupt nicht auf den alten und schönen Platz passenden Palmen, die irgendein Schwachkopf hatte aufstellen lassen, wurden ununterbrochen mit oder ohne Blitz abgelichtet.

Dann zog Pregesbauer die Liste aus der inneren Brusttasche seines Tweedsakkos, das beinahe so alt wie sein Träger wirkte, und legte sie auf den Tisch.

„Und?“, fragte Trautmann. „Ist dir was aufgefallen?“

Pregesbauer nickte. „Ja, eine Sache. Der Paulaner war recht genau und hat sich sicher bemüht. Ich kenn ihn schon lang und weiß, dass er es mit allem genau nimmt. Aber er hat nicht mein Diamantenhirn und darum hat er doch etwas vergessen, nämlich den Fall Wrobesch.“

„Und um was ist es da gegangen?“, fragte Trautmann. „Was war mit dem Wrobesch?“

Pregesbauer lächelte dünn. „Du wirst auch langsam alt, Trautmann. Und dein Hirn fangt an, Löcher zu kriegen. Der Fall Albert Wrobesch hat sich im Jahr 1986, im Juli, abgespielt. Zur selben Zeit, als sie unseren uniformierten Kollegen Roger vor dem Wachzimmer in der Freudenauer Hafenstraße erschossen haben. Ich war damals im Sicherheitsbüro, was es ja nimmer gibt, und hab ermittelt. Gefunden haben wir den Täter damals nicht. Erst Jahre später ist er ermittelt worden. Es war der Bankräuber Posch, der sich der Festnahme entziehen wollte und sich selber erschossen hat. Mit der Dienstpistole vom Roger, die damals verschwunden ist."

„Gut", sagte Trautmann, „o.k. Ich kann mich an den Fall erinnern. Aber was war mit diesem Wrobesch?"

„Der war ein *Nebbochant* und arbeitsscheu. Ein ehemaliger erfolgloser Boxer im Schwergewicht. Hat sich, weil er mit seiner Arbeitslosenunterstützung nicht ausgekommen ist, auf eine ungute Masche spezialisiert. Er hat sich einen Overall angezogen und eine Kappe aufgesetzt und sich bei alten Frauen, die er *abgegneißt* hat, als Mann von den Gaswerken ausgegeben, der Herd und Durchlauferhitzer kontrollieren muss. Er war damals ein ganz fescher fünfunddreißigjähriger Mann und hat harmlos und freundlich dreingeschaut. Also haben ihn die alten Frauen, keine unter siebzig, in die Wohnung gelassen. Dort hat er aber nichts kontrolliert, sondern der jeweiligen Alten ein paar Fausthiebe oder Handkantenschläge verpasst. Und wenn die Alte bewusstlos auf dem Boden gelegen ist, hat er die Wohnung durchsucht und mitgenommen, was halt da war. Meistens nur billiger Schmuck und ein bissl Geld, was halt alte Frauen haben."

„Und?", fragte Trautmann, der sich nur sehr dunkel an diese Fälle erinnern konnte; drei oder vier alten Frauen hatte es das Leben gekostet, weil sie infolge der erlittenen Verletzungen gestorben waren.

„Der Wrobesch ist“, setzte Pregesbauer fort, „nach dem Verlassen der Wohnungen der alten Frauen mehrfach gesehen worden. Und nach den Angaben dieser Augenzeugen hat man ein Phantombild erstellt, das dem Wrobesch recht ähnlich war. Aufgrund des Bildes haben Kollegen den Wrobesch in einem miesen kleinen Hotel in der Brigittenau erwischt. Er hat selber zwölf solcher Raubüberfälle zugegeben und drei Einbrüche in Juweliergeschäfte, und vier weitere Überfälle haben die Kollegen ihm noch nachweisen können. Gestorben sind durch ihn sechs alte Frauen. Die jüngste war zweiundsiebzig und blind, die älteste einundneunzig. Der Wrobesch hat ein Jahr später *den Frack bekommen*. Die Geschworenen haben ihn einstimmig des mehrfachen Raubmords für schuldig befunden. Und auf der Stelle soll ich tot umfallen, wenn über den Wrobesch nicht eine Dokumentation in Raum acht des Museums war. Mit seinem Foto und zwei oder drei von seinen Opfern. Und zwar, wennst in den Raum reinkommst, gleich links, neben einer großen Geschichte über zwei Frauentorsi, deren Köpfe nie gefunden wurden.“

„Nicht schwach“, sagte Trautmann anerkennend zu Pregesbauer. „Du hast wirklich Augen wie eine Kamera und ein Hirn wie ein Diamant. Alle Achtung.“ Dann begann er sich eine Zigarette zu rollen.

„Logisch hab ich ein Hirn“, sagte Pregesbauer. „Aber sogar das muss verfaulen, wenn ich *die Huf aufstelle*. Ewig schade drum.“ Er lächelte schwach. „Kannst mir auch eine wuzeln, Alter. Ich soll zwar nicht rauchen, aber jetzt hab ich einen Gusto. Wenn es nach den Ärzten gehen tät, dürfte ich überhaupt nichts mehr machen – nur mehr Luft schnappen. Aber die können mich, wie man sagt, in aller Freundschaft. Nichts ist ewig, auch der schönste Jud wird schäbig. Ich bin zwar keiner, aber schäbig. Und ewig lebt keiner. Mein Nachbar war Nichtraucher und ist trotzdem schon mit zwei Jahren gestorben.“

Er nahm von Trautmann die Zigarette, ließ sich Feuer geben, inhalierte den Rauch ganz tief und sagte: „Zum Wrobesch. Ich hab, extra für dich, eine Fleißaufgabe gemacht und ermittelt, was mit dem Wrobesch jetzt ist.“ Und nach einer Pause: „Jetzt bestellst mir einen Espresso, ein Achtel herben Rotwein und ein großes Glas Wasser.“

Und, wieder aus dem Fenster auf den Graben schauend: „Kein Mensch weiß, warum die Leut so umanandrennen. Und die Touristen rennen der Führerin mit ihrem Fahnerl nach, wie die Schaf dem Hirten.“

Dann, wie beiläufig: „Übrigens, der Wrobesch lebt noch und ist wieder draußen. Seit heuer im April. Weißt eh, wie das bei uns ist. Lebenslang sind in Wirklichkeit nur zwanzig Jahre. Den Wrobesch haben sie halt schon zwei Jahre früher entlassen, der Teufel weiß warum. Wo er jetzt ist, musst du selber ermitteln. Kann ja sein, dass er hinter der Sauerei im Museum steckt. Ich glaub's aber nicht und hab den Verdacht, du verrennst dich mit dieser Idee. Aber, umgekehrt, wenn's deppert zugeht, schießt eben auch ein Besenstiel.“

Und mit einem schwachen Lächeln: „Aber nur selten. Und jetzt bestell mir meine Sachen.“

18

Trautmann kontaktierte zunächst Hofrat Paulaner wegen der fehlerhaften Auflistung der Exponate. Dieser erinnerte sich jetzt auch an den Fall Wrobesch, konnte sich aber nicht erklären, warum er ihn nicht auf die Liste gesetzt hatte.

„Mir unverständlich", sagte er, „dass mir dieser Fehler unterlaufen ist. Absolut unverständlich, Inspektor. Natürlich kenne ich diesen spektakulären Fall und er findet sich ja auch in der Kriminalchronik, die ich vor Jahren mit meinem verehrten, lieben Freund Edelbacher, der damals Chef des Sicherheitsbüros war, geschrieben und veröffentlicht habe. Und natürlich kenne ich auch den Kollegen Oberst Pregesbauer gut. Dass der sogar den genauen Platz der Affiche gewusst hat, ist ja exorbitant."

Nach diesem Gespräch machte sich Trautmann, neben seiner Alltagsarbeit im *Koat*, daran, Erkundigungen über Wrobesch einzuziehen und stellte fest, dass der jetzt dreiundfünfzig Jahre alte Albert Wrobesch Fürsorgerentner war und bei seiner Lebensgefährtin, der zweiundsechzigjährigen Antonia Schwingenschlögel, in der Loeschenkohlgasse, nahe der Wiener Stadthalle, wohnte.

Er ermittelte auch im Justizministerium und in der Strafanstalt Krems-Stein und erfuhr, dass Wrobesch trotz lebenslanger, praktisch wie gesagt meist nur zwanzigjähriger, Haft deshalb sogar bereits nach achtzehn Jahren entlassen worden war, weil er ein vorbildlicher, seine Taten bereuender Häftling gewesen war. Er hatte diverse Hausarbeiten zufrieden stellend ausgeführt und bei den vom Anstaltsgeistlichen abgehaltenen Messen ministriert. Außerdem litt Wrobesch an einem Schilddrüsenkarzinom, dessen Metastasen sich bereits ausgebreitet hatten, und zusätzlich an einer Wirbelsäulenerkrankung namens Spondylitis ankylosans litt, die eine stark verkrümmte Haltung und ständige Schmerzen verursachte.

Trautmann besuchte Wrobesch in der Wohnung von dessen Lebensgefährtin. Er konnte aber in der unmittelbaren Nähe der Wiener Stadthalle wegen des bevorstehenden Konzerts einer ihm unbekannten, aber für ihre Krawalle berüchtigten Popgruppe nicht parken. Dort standen Stoßstange an Stoßstange die Autos der Fans, Polizeifahrzeuge und Übertragungsbusse des ORF. Er fand erst in der Fröbelgasse im Nachbarbezirk eine Lücke, in die er seinen Schrotthaufen zwängte. Es war zwar eine Kurzparkzone, aber er legte seine Dienstmappe auf das Armaturenbrett, und damit hatten die Parksheriffs der Gemeinde, die seit Jahren anstatt der Polizei den so genannten ruhenden Verkehr überwachten und Strafzettel hinter die Scheibenwischer steckten, keine Chance.

Trautmann traf Wrobesch und dessen Lebensgefährtin in der Zimmer-Küche-Kabinett-Wohnung an und merkte auf den ersten Blick, dass Wrobesch kaum oder eigentlich unmöglich etwas mit der Museumsgeschichte zu tun haben konnte.

Der Mann sah um Jahre älter aus als er war, saß stark verkrümmt in einem billigen Gesundheitslehnstuhl, sabberte beim Sprechen und seine Hände zitterten ununterbrochen, obgleich er die eine Hand mit der anderen festzuhalten suchte.

Wrobesch war offenkundig außerstande, Räume so zu zerstören, wie es im Fall des Kriminalmuseums geschehen war; und er war schon gar nicht dazu fähig, einem anderen Mann die Kehle durchzuschneiden. Er verließ die Wohnung nur, um zu seinem Hausarzt zu gehen oder dann, wenn er sich ausnahmsweise so gut fühlte, um unter Zuhilfenahme eines Stocks und in seine

Lebensgefährtin eingehängt nach dem Mittagessen einen kleinen Spaziergang zu machen.

Trautmann erfuhr von der Schwingenschlögel, dass sie den Wrobesch vor einigen Jahren durch eine Fernsehsendung über Lebenslange kennen gelernt hatte. Damals war dieser noch relativ gut beisammen gewesen und habe ihr Leid getan.

Sie hatte ihm zuerst in die Strafanstalt geschrieben. Daraus hatte sich ein richtiger Briefwechsel entwickelt. Wrobesch hatte ihr mitgeteilt, warum er im Jahr 1987 lebenslang bekommen hatte. Und dass er seine früheren Straftaten bereue und besonders darunter leiden würde, dass sie den Tod einiger Menschen zur Folge gehabt hatten. Er habe diese Frauen wirklich nicht töten, sondern nur ruhig stellen wollen, das hätten ihm aber weder der Staatsanwalt noch die Geschworenen geglaubt, und so habe er eben *den Frack gekriegt*. Wrobesch habe ihr sein ganzes böses Vorleben gebeichtet und sei zu Tode froh gewesen, dass sie ihn, einen kranken Mann, der nicht mehr lang zu leben hatte, nach seiner Entlassung bei sich aufgenommen hatte.

An diesem Punkt begann Wrobesch kraftlos zu weinen und erzählte Trautmann, dass er in seiner Zelle oft in der Bibel gelesen habe, wenn er auch nicht alles verstanden habe, was drin stand. Aber zwei Zitate hätten ihn bis ins Mark getroffen: das eines Propheten, der die Worte von Gott erhalten hatte, nämlich: *Und stürzen will ich der Verkehrten Rat; dass sie des Tages in Finsternis laufen und tappen im Mittage wie in der Nacht*. Die Wahrheit dieses Spruchs habe er ja am eigenen Leib erfahren, denn er war durch die von Gott geführte Hand der Polizei gestürzt worden und in Finsternis gelandet und nicht nur im Mittag achtzehn Jahre lang durch die Nacht getappt. Das zweite Zitat stamme vom Erlöser Jesus Christus selbst, der gesagt habe: *Wahrlich ich sage euch: Was ihr getan habt einem von diesen meinen geringsten Brüdern, das habt ihr mir getan*. Aus diesem Grund habe er oft zu Jesus Christus gebetet und ihn angefleht, ihm seine Sünden zu verzeihen.

Trautmann ließ sich von der Lebensgefährtin Wrobeschs eine Schale sehr dünnen Kaffee und ein Stück Mohngebäck aufdrängen, verzichtete auf das Rauchen und verabschiedete sich nach einer knappen Stunde.

Vor der Stadthalle drängten sich bereits massenhaft Jugendliche, waren die Polizisten *abgesessen*, rannten die ORF-Leute geschäftig hin und her. Ein Tohuwabohu schien vorprogrammiert zu sein. Trautmann ging, um den faden Geschmack des Kaffees und des zähen Mohngebäcks zu verlieren, ins nächste Gasthaus und bestellte sich dort einen Bauernschmaus und ein großes Bier.

Während er aß und trank, hörte er den Reden einiger alter Männer vom Nebentisch zu, die über die Stadthalle und die in ihr auftretenden Künstler, besonders aber über das Publikum keppelten.

Sie waren der Ansicht, dass die Scheißstadthalle nie hätte gebaut werden dürfen, weil ohne sie der Platz viel schöner gewesen war. Aber natürlich hatten die damaligen Stadtpolitiker ja unbedingt das Monstrum haben müssen und wollten es die heutigen nicht niederreißen lassen, weil sie insgesamt Arschlöcher waren, die sich einen Dreck um die Meinung der Anrainer kümmerten, die durch die Halle kein richtiges Leben mehr hatten.

Alle paar Tage gab es ein Trara oder, wie man jetzt – wo ja keiner mehr Deutsch und schon gar nicht mehr Wienerisch redete – sagte, ein Event, zu dem ein paar Tausend Trotteln hinrannten und teures Geld dafür zahlten, um sich irgendwelche Operetten, Zirkusse, Eishockey- oder Hallenfußballspiele und sonstigen Scheiß anzuschauen. Die Leute von heute mussten ja ums Verrecken überall dabei sein, weil sie „in" sein wollten. Die glaubten ja, ohne sie gehe es nicht. Und keine Sau kümmerte sich darum, dass anständige Leute um ihre Nachtruhe gebracht wurden, wenn diese Veranstaltungen aus waren und stundenlang Autotüren zugeknallt wurden und die fast immer auffrisierten Motorräder und Mopeds einen Heidenwirbel verursachten. Und wenn in der Scheißhalle einmal keine Veranstaltung war, randalierten besoffene Ausländer oder Einheimische bis in die Morgenstunden.

Aber was unternahm die Polizei dagegen? Weniger als nichts. Der war ja auch alles wurscht wie nur was. Die ließ ja überhaupt alles geschehen. Überall standen Huren, die meisten waren angesteckte Weiber aus dem Osten.

Und wo die nicht standen, lungerten alle möglichen „Multikultis" herum, die auf Kosten der Österreicher arme Asylanten spielten, die nach Österreich gekommen waren, weil ihnen zuhaus angeblich das Gefängnis oder wegen politischer Umtriebe die Todesstrafe drohte. In Wirklichkeit waren sie durch die Bank entweder Taschendiebe oder Rauschgiftdealer, die die wenigen anständigen österreichischen Jugendlichen durch ihr Gift zugrunde richteten.

Aber die Polizisten, fast nur junge *Spritzer*, brausten in Streifenwagen umher und man musste noch froh sein, wenn sie einen auf dem Zebrastreifen nicht niederführten.

So schaute es aus und darum gehörte ein neuer Hitler her. Einer, der durchgriff und den Arbeitsdienst und die Todesstrafe wieder einführte und drauf achtete, dass ein anständiger Mensch wieder wie ein Mensch leben konnte. Aber so einer würde nicht kommen, da schauten die Politiker schon drauf, die von einem Haufen Deppen gewählt worden waren und sich Uhu auf ihre Sessel schmierten, damit sie dort ja bis zu ihrer Pensionierung picken bleiben konnten.

An diesem Punkt hatte Trautmann genug von den Alten, die vom Stammtisch aus die Welt regieren wollten, aber gerade noch gescheit genug waren, um ihr Bierglas zum Mund führen zu können.

Außerdem war der Bauernschmaus nichts gewesen: das Fleisch hart und zähfasrig, die Blutwurst fast rinnend, das Sauerkraut zerkocht und der Semmelknödel wabblig. Dieses so genannte Wirtshaus würde ihn sicher nie mehr sehen, und wenn es die einzige Stelle war, die Essen ausgab.

Trautmann zahlte, gab nur zwanzig Cent Trinkgeld, ging zu seinem kilometerweit entfernten Auto zurück und fuhr ins *Koat*, wo seine Gruppe heute Nachtdienst hatte.

Einen Nachtdienst, der zwar allerhand bringen konnte, aber keine Information darüber, wer das Kriminalmuseum zerstört und dem Nowatschek den Hals durchgeschnitten hatte.

Langsam kam Trautmann zur gleichen Ansicht wie einige der Kollegen aus dem „Planquadrat“, die gemeint hatten, sie wären nie zu dem „Verein“ gegangen, wenn sie geahnt hätten, was dort auf sie wartete.

Mit „Verein“ war aber nicht die Vereinigung der Kriminalbeamten, sondern die Polizei gemeint, die es einem manchmal wirklich nicht leicht machte, ein guter Polizist zu sein.

19. Kap

Im Nachtdienst tat sich nicht viel. Wegen des feuchtkalten Wetters waren kaum Leute auf der Straße. Und sicher auch deshalb, weil im Fernsehen eine neue knieweiche, aber beim Publikum beliebte Show mit einem alt gewordenen ausländischen Sänger lief, der sich krampfhaft ein jugendliches Image zu geben versuchte.

Antonio Francescati war zwar vor Jahren fesch, quicklebendig und der Liebling frustrierter Frauen gewesen. Er hatte längst vergessene Schlager wie *Quando, quando, sag mir wann* gesungen und dabei wahre Schlafzimmeraugen gemacht. Aber jetzt war seine Zeit lang vorbei, er hatte dreißig Kilo Übergewicht, von ihm selbst schlecht gefärbte schwarze Haare und war nicht mehr lebendig, sondern wirkte wie ein unförmiger geschminkter Zombie, der schwitzend über die Bühne watschelte. Seine Stimme entsprach durchaus seinem Äußeren, und nur Gott und die Fernsehgötter wussten, warum sie Francescati zu dieser Show verholfen hatten. Und aus welchem Grund mehr als 700.000 Leute die Sendung anschauten, würde nie zu ermitteln sein.

Allerdings lief nach der Zombie-Show, die durch einige sparsamst bekleidete, sich verrenkende Go-go-Girls aufgemotzt war, eine neue Folge der Serie „Der Bulle von Tölz", die von zwei sehr beliebten Schauspielern, Ottfried Fischer und Ruth Drexel, getragen wurde, wodurch sich die Zuseherzahl noch um 200.000 erhöhen würde.

Trautmann nahm sich, weil sowieso nichts los war und ja Burschi Dolezal die Stellung halten konnte, den Lassinger und ging mit ihm auf Fußstreife. Vielleicht hatten sie per Zufall

Glück und erwischten den oder die Typen, die in letzter Zeit immer wieder Autoreifen aufschlitzten, dabei auch solche von Bezirksprominenten, was bereits zu dringlichen Anfragen des Stadthauptmanns an seine Beamten geführt hatte.

Während sie durch die leeren Gassen der Leopoldstadt gingen, ab und zu die Besatzung eines Streifenwagens grüßten oder von ihr gegrüßt wurden, zog Lassinger, der starken Schnupfen hatte, entweder durch die Nase auf oder benutzte Papiertaschentücher, die er bereits massenhaft verbraucht hatte.

Als Trautmann und Lassinger über den Karmelitermarkt gingen und am „Marktcafé", das längst geschlossen hatte, vorüberkamen, sahen sie, dass drinnen noch Licht war. Es leuchteten zwar nicht die Lampen im Lokal, aber aus der Küche kam ein, wenn auch schwacher, Lichtschein, der nicht auf die Leuchtstoffröhren im Raum zurückzuführen war, sondern von einer kleineren Lampe herrührte. Trautmann prüfte vorsichtig und darum bemüht, kein Geräusch zu verursachen, die Geschäftstür, die aber verschlossen war. Dann ging er zum Haustor neben dem Café und fand die Tür unversperrt.

Es war kurz vor 3.00 Uhr, und es konnte sein, dass jemand das Haustorschloss vor kurzem zwar auf-, aber nicht wieder zugesperrt hatte. Das Tor konnte aber auch bereits den ganzen Abend lang unversperrt sein. In dem Haus gab es ja, wie in vielen Wiener Häusern, seit dem neuen Hausbesorgergesetz keinen Hausmeister mehr, der sich um so was kümmerte.

Allerdings konnte das Schloss auch von einem Einbrecher aufgesperrt worden sein, der sich dann über die im Parterre befindliche Tür zum Café Eintritt verschafft hatte und jetzt gerade an der Arbeit war. Es gab zwar im „Marktcafé" kaum Nennenswertes zu stehlen. Bargeld ließen die Horak und die Blauensteiner nie im Lokal. Aber es waren immerhin Getränke, Zigaretten und ein paar Nahrungsmittel im Café, mit denen ein kleiner Einbrecher schon etwas anfangen konnte.

„Jetzt pass auf, Franzi“, sagte Trautmann zu Lassinger. „Da drinnen ist einer, der was nicht hineingehört und einen *Bruch* macht. Den holen wir uns.“

„Kann es nicht vielleicht sein“, wandte Lassinger ein, „dass die Frauen ein kleines Licht in der Küche haben brennen lassen?“

„Nein. Ich kenn das Café wie meine Hosentasche. Und alle Beleuchtungskörper. Da gibt es keinen, der ein so schwaches Licht macht.“ Und lächelnd: „Außer, sie haben eine Taschenlampe eingeschaltet und drinnen liegen lassen. Aber warum sollten s’ das machen. Also“, entschied Trautmann, „du stellst dich neben die Lokaltür, aber so, dass dich von drinnen keiner sieht. Und wenn der *Brecher*, was ich aber nicht glaub, durch die geschlossene Glastür mitten hindurchwill, dann schnappst du ihn. Und ich geh ins Haus und schnapp ihn mir von hinten, o. k.?“

„O. k.“, sagte Lassinger. „Wird gemacht.“ Er stellte sich neben die Glastür des Cafés, öffnete seine Jacke und griff zum Holster, in dem seine 9 mm steckte.

„Du schießt aber nur in einem wirklichen Notfall“, mahnte ihn Trautmann. „Weißt eh, was das für *Zores* gibt, wegen gerechtfertigten oder ungerechtfertigten Schusswaffengebrauchs. Da schleifen s’ dich durch alle Instanzen und wenn der Angeschossene unbewaffnet war, *reißen s’ dir in Arsch auf*.“

Dann ging er zum Haustor, öffnete es und verschwand im finsteren Hausflur, wobei er gegen einen Einkaufswagen aus einem Supermarkt stieß, den irgendwer zu Unrecht mitgenommen und hier hatte stehen lassen. Trautmann wartete, ob sich auf das Geräusch hin etwas rührte. Ging, als alles still blieb, zur hinteren Tür des Cafés, die wie alle Türen im Haus aus Vollholz war, zog ebenfalls seine bereits geladene Glock und spannte deren Hahn zurück, was nur ein schwaches Knacken verursachte, das der Typ drinnen nicht hören konnte. Er hoffte, dass er die Waffe, mit der er außer am Schießstand noch nie geschossen hatte, nicht brauchen würde, und trat gegen die Tür, die sofort nachgab.

In der Küche hockte ein junger Mann, neben dem eine bereits prall gefüllte Reisetasche stand, auf dem Boden und war eben dabei, eine zweite, noch größere Tasche mit Zigarettenstangen zu füllen. Auf einem Regal lag eine eingeschaltete Taschenlampe.

Der junge Mann war ein schwachbrüstiges Leichtgewicht mit langen, ungewaschenen Haaren und für die Kälte draußen viel zu leicht bekleidet. Und so überrascht, dass er die Zigarettenstange, die er in der Hand hielt, fallen ließ und auf den Hintern plumpste. Er starrte auf Trautmanns Pistole und stammelte: „Nicht schießen! Bitte nicht schießen!"

Trautmann kannte den Burschen. Er hieß Wolfgang Tritscher, wohnte bei seiner Mutter in der nahen Glockengasse, war rauschgiftsüchtig und kaum zwanzig Jahre alt. Er hatte schon öfter wegen Taschendiebstählen mit Trautmann zu tun gehabt. Es hatte sich nie um größere Summen gehandelt, aber *das Ziehen* einer Geldbörse aus der Einkaufstasche einer alten Frau war eben, wenn die verhängte Strafe auch gering war, trotzdem ein Diebstahl und Vergehen nach Paragraf 127.

Tritscher war einer der nicht wenigen Süchtigen, die keiner geregelten Arbeit nachgingen und die, abgesehen von dem, was sie durch Betteln bekamen, kein Einkommen hatten und sich daher das Geld für den Stoff durch Kleinkriminalität, selten durch große Geschichten, besorgten. Die meisten dieser Leute waren krank, weil sie kaum aßen, oder hatten durch gebrauchte Spritzen Aids, und ab und zu starb einer von ihnen an Entkräftung oder durch einen *Goldenen Schuss*, wenn er sich etwas spritzte, dessen Zusammensetzung er nicht kannte.

Trautmann schaltete die Küchenbeleuchtung ein, nahm die Taschenlampe vom Regal und knipste sie aus. Er brachte den gespannten Hahn seiner Waffe wieder in Ruhelage, steckte die Glock in den hinteren Hosenbund zurück und sagte gemütlich: „Na dann, Burli. Sind wir wieder einmal so weit. Kriegst wieder ein paar Monate *Schmalz* und kommst von der Nadel weg."

„Ich“, sagte Tritscher und rappelte sich langsam und unsicher auf, „hab eigentlich gar keinen *Bruch* machen wollen, Inspektor. Das ist alles ein Pech, weil …“

„So, ein Pech“, sagte Trautmann. „Welches Pech hat dich denn ins Café einegführt?“ Und schärfer: „Stell dich mit dem Gesicht gegen die Wand und leg deine *Wichsgriffeln* drauf. Und Füß auseinander.“

Tritscher machte das. Trautmann tastete ihn nach einer Waffe ab und sagte dann gemütlich: „So, kannst dich wieder umdrehen, Burli, und mir schildern, durch was für ein Pech du da, von hinten, ins Kaffeehaus kommen bist.“

„Ich hab“, versuchte Tritscher zu erklären, „plötzlich ganz dringend pissen müssen, Inspektor. Und mir gedacht, auch wenn's Nacht ist, haut das mitten auf der Gasse nicht hin. Da heißt's dann gleich, ich tu den Anstand verletzen. Also bin ich zum Haustor – und wie ich da so steh, seh ich, dass es offen ist. Und da hab ich mir gedacht, wenn eh offen ist, geh ich ins Haus und piss in die Wasserleitungsmuschel am Gang. Und da …“

„ … hast bemerkt“, unterbrach ihn Trautmann, „dass die Tür zur Kaffeehausküche auch zufällig offen war und zwei leere Taschen dagestanden sind.“

Er nahm sein Funkgerät, wählte den draußen stehenden Lassinger an und sagte: „Alles o.k., Franzi. Gut ist's 'gangen, nix ist gschegn. Ich hab einen alten Bekannten beim Einpacken erwischt.“ Dann zu Tritscher gewandt: „So, Burli, jetzt bist brav, nimmst die zwei Taschen und gehst mit aufs Kommissariat. Dort machen wir dann nicht zufällig, sondern absichtlich weiter.“

Er steckte das Funkgerät wieder in die Tasche, zog sein Handy heraus, wählte die Horak an und sagte ihr, was im Café geschehen war. Ein Kollege würde dableiben und auf sie warten.

Keine zehn Minuten später trafen Trautmann und der festgenommene Tritscher im Dienstzimmer der Gruppe 4 ein, in dem Dolezal vor sich hin döste.

20

Nachdem Tritscher, wie es im Milieu heißt, *niedergelegt* und die von Dolezal heruntergehämmerte Meldung unterschrieben hatte, wurde er in den Arrest des *Koats* gebracht, wo er bis zur Überstellung ans Gericht sitzen würde. Lassinger kochte für alle Kaffee, was Trautmann angeordnet hatte.

„Einmal muss jeder anfangen", brummte er augenzwinkernd zu Lassinger. „Sogar Leut, die von auswärts nach Wien und in die Leopoldstadt kommen, wo es den besten Kaffee von ganz Europa und Umgebung gibt."

Dolezal stimmte begeistert zu; schließlich hatte er ja bis jetzt unzählige Kaffees heruntergelassen, und er war es leid, mehr oder weniger der *Schammes* der Gruppe 4 zu sein. Es war längst an der Zeit, dass einmal wer anderer den Deppen machte.

Lassinger kochte also Kaffee, servierte ihn auch und leerte Trautmanns überquellenden Aschenbecher aus. Er öffnete das Fenster und versuchte erfolglos, den Rauch von Trautmanns selbst gedrehten Zigaretten aus dem Zimmer zu wedeln.

Dolezal schaute ihm zufrieden zu, erhielt aber einen Dämpfer, als ihn Trautmann anschaute und brummte: „Brav ist der Franzi, gell. Stellt sich ganz gut an." Und als Dolezal zustimmte: „Du bist aber auch ein braver Bub, Burschi. Darum gehst du jetzt auf den Markt und holst für uns alle frische, knusprige Semmeln mit heißem Leberkäs. Lass dir aber kein Endstückl anhängen."

Nachdem die Gruppe nach getanem Tag- oder eigentlich Nachtwerk ordentlich gefrühstückt hatte, weil, wie Trautmann mit vollem Mund anmerkte, „ein leerer Sack nicht steht", beendete sie ihren Dienst. Trautmann meldete die Gruppe beim eben eintreffenden Oberstleutnant Sporrer ab, berichtete kurz über den *Bruch* im „Marktcafé“ und die Festnahme Tritschers und ging dann, während Dolezal und Lassinger nach Hause fuhren, langsam, mit vollem Magen und natürlich rauchend, in Richtung Karmelitermarkt. Er grüßte alle möglichen Passanten und man grüßte zurück, denn er war im Viertel bekannt wie das falsche Geld und auch er kannte dort fast jeden.

Er unterhielt sich ein bisschen mit der alten Frau Maroltinger, die in der letzten Zeit nicht mehr richtig gehen konnte und sich auf ein mit kleinen Rädern versehenes Drahtgestell stützen musste, um halbwegs weiterzukommen. Ihre Behinderung hielt sie aber nicht davon ab, jeden Morgen mit einer Tasche voll pedantisch zurechtgeschnittener Brotreste auf den Karmelitermarkt zu gehen und dort, zum Missfallen der Passanten, der Geschäftsleute und besonders dem der Marktamtsbeamten, ihre lieben Tauberln zu füttern, die daraufhin alles anschissen.

„Na“, sagte Trautmann zu ihr, „sind wir wieder flott unterwegs, Mutter Maroltinger?“

„Flott nicht, aber für meine Tauberln schnell genug, Herr Inspektor“, gab die Maroltinger zurück, wobei sie sich bemühte, ihr schon lange nicht mehr passendes falsches Gebiss im Mund zu behalten. „Was täten denn die armen Viecherln ohne mich?“

„Verhungern“, lächelte Trautmann. „Elendig zugrund gehen. Ohne Mutter Maroltinger tät es in der Leopoldstadt keine einzige Taube mehr geben.“

Die Maroltinger nickte. „Ja, ja, Herr Inspektor! Nicht eine! Weil die Menschen haben ja kein Herz nicht mehr und schauen nur auf sich. Hauptsache, sie können sich anstopfen, bis ihnen die *Wampen* wegsteht. Tiere können von ihnen aus verhungern.“

Sie kam langsam in Rage. „Die Leut, Herr Inspektor, schauen zwar noch wie Menschen aus, sind aber keine mehr. Ob ein anderer lebt oder stirbt, ist denen ganz wurscht. Und was glauben S’, was ich mit denen mitmach? Jeder Zweite geht auf mich wegen dem Füttern los und meine Tauberln täten s' am liebsten vergiften und mich gleich mit!"

„Aber sagen S' doch so was nicht, Mutter! Ihnen will keiner vergiften. Ohne Ihnen wär ja unser Bezirk nur halbert."

„Das sagen aber nur Sie, Herr Inspektor. Andere ... Wissen S', was mir gestern der Marktkommissär ins Gesicht gesagt hat? Dass er mich wegen Verunreinigung anzeigt, weil die Tauberln den ganzen Markt und besonders sein Marktamt angacken. So einer ist das! Aber ich bitt Ihnen, sollen die Tauberln vielleicht ihr Pappi im Supermarkt kaufen und dann auf ein *Häusl* fliegen, wenn s' müssen?!!

Trautmann lächelte. „Das tät, glaub ich, kaum gehen."

„Eh nicht", ereiferte sich die Maroltinger, „eh nicht! Und wissen S', was der Kommissär noch gesagt hat: dass er jetzt ein paar Falken in der Gegend ansiedeln lasst", platzte sie heraus. „Falken! Und dann, hat er gesagt, wird's bald nur mehr tote, aber keine lebenden Tauberln mehr geben, weil die Falken allen die Gurgel durchbeißen werden."

„Na, gar so arg wird's schon nicht werden, Mutter Maroltinger. Lassen S' den Marktamtskommissär reden. Der soll froh sein, wenn ihm die Standler nicht die Gurgel durchbeißen, weil er sie dauernd schikaniert."

Trautmann schaute auf seine zerkratzte, billige Stahluhr und sagte: „Auweh! So spät ist's schon!" Und zur Maroltinger: „Nicht bös sein, Mutter, aber ich muss! Ich hab einen Termin, was ich nicht aufschieben kann!"

Dann ging er schnell davon, aber zu keinem Termin, sondern ins „Marktcafé".

Die Maroltinger schaute ihm nach und dachte, dass der Inspektor Trautmann einer der wenigen Menschen unter einem Haufen von Leuten war. Einer, der noch ein Herz für Viecherln und alte Weiber hatte, die die anderen am liebsten vergiften würden, damit sie verschwanden.

Auf dem Karmelitermarkt blieb Trautmann stehen, rollte sich eine Zigarette, schaute sich ein bisschen um, nahm aber kaum etwas wahr, weil er ins Leere starrte und an alles und zugleich an nichts dachte. Er konzentrierte sich auf die Beobachtung seiner Atmung, ohne sie zu beeinflussen, wie die Yogis das machten; betrachtete sie, wie es die buddhistischen und besonders die Zen-Mönche taten, ehe sie in die wirkliche Meditation eintraten, in der ihnen, wenn es gut ging, Körper und Geist abhanden kamen und sie in der grenzenlosen, unnennbaren Leere versanken.

Aber das gelang ihm, wie meist, nicht, sondern er hatte plötzlich vor Augen, wie ein Falke auf die ahnungslosen Tauben niederstieß und einer von ihnen einen tödlichen Biss in den Hals zufügte. Deutlich konnte er sehen, wie das Blut aus dem Hals der Taube spritzte und einige ihrer Federn in der Luft dahinwirbelten. Und dann hatte er das Bild vor Augen, wie ein schemenhafter, gesichtsloser, in den verwüsteten Kriminaldokumentationen und vor beschmierten Wänden stehender Mann dem Hausverwalter Nowatschek ein Messer über die Kehle zog.

Und er erinnerte sich an ein Koan: *Meister Chao Chou und ein junger Mönch tranken gemeinsam Tee. Und als sie ausgetrunken hatten, fragte der Mönch den Meister, was es mit der Buddhaschaft auf sich hätte. Der Meister antwortete: Geh und wasch die Schalen aus.*

Das war es, genau das. Man sollte sich keine Gedanken um Fernliegendes und im Grunde Unwichtiges machen, sondern das tun, was die Gegenwart von einem verlangte. Und das, was er zu tun hatte, war nicht, an Tauben zu denken und mit alten Frauen zu reden. War auch nicht, Gedanken an die nächtliche Festnahme Tritschers und deren Folgen zu verschwenden. *Seine* Aufgabe war, den Täter aus dem Kriminalmuseum zu ermitteln, und die war für ihn, solange sie nicht gelöst – von *ihm* gelöst – war, seine ewige Gegenwart. Allerdings war das eine Aufgabe, die ungleich schwerer war als eine Koanfrage zu lösen. Das war eine Aufgabe, die vielleicht überhaupt nicht zu bewältigen war.

Im „Marktcafé“ waren, außer einigen holländischen Touristen, die es auf den uninteressanten Karmelitermarkt verschlagen hatte, die gleichen Leute wie immer.

Die Holländer schauten sichtlich ratlos auf einen vor ihnen auf dem Tisch liegenden Wienplan. Trautmann ging zu ihnen hin, fragte, wonach sie suchten, erfuhr, dass sie ins Kriminalmuseum wollten, und sagte ihnen, dass es leider vorübergehend geschlossen sei. Und als sie nach dem berühmten Wurstelprater und dem Schweizerhaus fragten, meinte er, sie kämen, von der Taborstraße aus, mit der Straßenbahnlinie 21 dorthin. Allerdings seien die Attraktionen des Wurstelpraters während der kalten Jahreszeit nicht in Betrieb und die Buden und auch das Schweizerhaus seien geschlossen; nur ein paar Spielhallen hätten geöffnet. Und auch die Liliput-Bahn fahre nicht. Daraufhin bedankten sich die Holländer, zahlten und verließen das Café.

Als sie draußen waren, sagte der Stammgast Ferdl zu Trautmann: „Du scheißt dich wegen jedem Tschuschen an, hörst. Von mir aus hätten die stundenlang auf ihren Plan glotzen können.“

Trautmann bestellte für sich und den gleichfalls anwesenden Rudi einen Doppelespresso mit Schuss und sagte zu Ferdl: „Ich bin nicht du. Wenn alle so wie du wären, täten die Ausländer glauben, in Wien gibt es nur *Vollkoffer*, die schon in der Früh das Bier aus den Poren schwitzen. Außerdem waren das keine Tschuschen, sondern Holländer.“

Hansi sagte nichts darauf, weil es für ihn nichts zu sagen gab. Für ihn waren prinzipiell nicht nur Kroaten, Serben, Türken, Russen, sondern alle Nichtwiener, egal woher sie kamen, Tschuschen. Er teilte die anderen Menschen weder nach Herkunft, Hautfarbe oder Zugehörigkeit zu einer Religion oder einem Volksstamm ein – für ihn waren eben alle Nichtwiener Tschuschen. Selbst die Juden, von denen manche *Peies* hatten und auf dem Kopf nicht nur die *Kippa*, sondern auch den für sie typischen schwarzen Hut trugen.

Trautmann hatte eigentlich vorgehabt, zumindest eine Stunde im „Marktcafé“ zu bleiben und ein bisschen mit der Horak zu plaudern. Aber die ging, kaum dass er im Café war, auf irgendein Amt, und die Blauensteiner begann, ihm wieder einmal weitschweifig von ihrem neuen, diesmal endgültigen Lover zu erzählen, von dem sie glaubte, dass er sie bald heiraten würde.

Und Ferdl unterhielt sich mit dem Bertie über das Problem, wie es mit dem österreichischen Fußball weitergehen soll, da der Hans Krankl nun nicht mehr Teamchef war. Eine Angelegenheit, die Trautmann überhaupt nicht interessierte. Für ihn war Fußball kein Sport, sondern ein Zustand, in dem ein Haufen erwachsene Männer einem Ball nachrannten, einander die Beine zerschlugen und am Ende den Ball meistens nicht ins gegnerische Tor brachten. Der einzige Sport, der Trautmann etwas gab, war Boxen, weil da keine Menschenmengen, sondern zwei Männer einander im Ring gegenüberstanden und darum kämpften, wer der Stärkere war.

Trautmann zahlte die zwei Espressi und ging zur Tür, als sein Handy anschlug. Er zog es aus der Tasche, meldete sich, hörte, dass der Motzl Gramberger am anderen Ende war und fragte, worum es ginge.

„Indirekt um nichts“, sagte Motzl. „Ich hab nur über den Nowatschek was gehört, was dir vielleicht ein bissl hilft. Aber nicht am Telefon. Komm ins ‚Miranda‘.“

„Bin schon unterwegs“, sagte Trautmann und steckte sein Handy ein.

Rudi humpelte langsam näher und fragte neugierig: „Is was, Inspektor?“

„Nein. Nichts, was dich was angeht.“

„Wer hat denn angerufen?“, bohrte Rudi weiter.

„Niemand“, brummte Trautmann und öffnete die Kaffeehaustür. „Neugierige Leut sterben bald. Und weil du ja gern lebst, *halt die Pappen*.“ Er winkte vage ins Lokal und ging.

21

Im „Miranda“ war noch nichts los, das füllte sich ja erst am späten Abend und in der Nacht. Vor dem Lokal standen ein Bierwagen und der Wagen einer Spirituosenauslieferung.

Trautmann ging in das Lokal, in dem die Bedienerin Dragica mit einem Industriestaubsauger herumfuhrwerkte. An der Theke saßen der Bierführer und der Mann von den Spirituosen und tranken Kaffee.

Hinter der Theke stand einer der *Buckel* Grambergers, ein riesiger Brocken von Mann, der Schorschi Mader hieß, nicht mehr ganz jung war und vor Jahren als Catcher namens *Bonebreaker* in den Ringen halb Europas tätig gewesen war. Jetzt ließ er aber seine Fäuste nur mehr für Motzl Gramberger sprechen, wenn das notwendig war.

Mader schaute unendlich gelangweilt drein. Er erblickte Trautmann, machte eine Kopfbewegung zur Stiege hin, sagte aber kein Wort.

Trautmann ging zur Stiege und in den Halbstock, in dem Motzl sein Büro hatte. Die Bürotür stand halb offen und man roch das Aroma von Motzls teuren Zigarren. Trautmann trat ein, brummte: „Servus, du“ und „Also, was gibt's, Motzl?“

Gramberger deutete auf den Sessel vor dem Schreibtisch und schob Trautmann sein silbernes Zigarrenetui hin, das Trautmann aber zurückschob, weil er sich viel lieber eine seiner Zigaretten rollte.

Gramberger legte seine halb gerauchte Zigarre in den Aschenbecher und sagte: „Eigentlich gibt es nur was, was vielleicht indirekt mit dem Nowatschek zu tun hat. Das ist mir über ein paar Ecken zugekommen, aber vielleicht weißt du es ja eh.“

„Was soll ich denn wissen, Motzl?"

„Dass der Nowatschek angeblich eine Schwuchtel war. Sadomaso, wie der Schauspieler, den was sie seinerzeit *gemacht* haben. Und angeblich soll er seine Buben manchmal in seiner Wohnung im Museum übernachten lassen haben. Die sollen erst fort sein, kurz bevor die Putzfrau gekommen ist."

Trautmann erinnerte sich an den Fall Sesselgruber. Der war ein beliebter Volksschauspieler und alle Augenblicke im Fernsehen gewesen. Kurze Zeit hatte er auch ein Gasthaus gehabt. Privat war er, was außer den Leuten aus der Szene niemand gewusst hatte, eine Schwuchtel gewesen.

Er war auch ein misstrauischer Mann gewesen, hatte aber den Fehler aller Misstrauischen begangen, nur einem Menschen, dem sie sich nahe fühlen, zu vertrauen und allen anderen nur Schlechtes zuzutrauen. In der Praxis war es dann aber so, dass sie von anderen nichts zu befürchten hatten, von ihrem Einzigen aber entweder nach allen Regeln der Kunst ausgenommen oder betrogen oder umgebracht wurden. Oder von einem Stricher.

Tatsache war jedenfalls, dass mehr Schwuchteln durch Stricher zu Tode kamen als Huren durch Kunden. Und Morde unter Lesben gab es überhaupt keine.

„Nein, Motzl", sagte Trautmann, „das hab ich nicht gewusst, und der Paulaner bestimmt auch nicht, weil der hat ja den Nowatschek über den grünen Klee gelobt. Ich hab auch von anderen Leuten, die den Nowatschek gekannt haben, das nicht erfahren."

Gramberger nickte und schaute melancholisch drein. „Was erfährt man schon von einem Menschen, Trautmann? Nichts. Oder zumindest nichts von dem, was er denkt und *unter der Hand* macht. Ich hab da unlängst das Buch von dem Profiler Müller gelesen. Eh nur *ein Schas mit Quasteln*. Aber mit einem, was drinsteht, hat er hundertprozentig recht. Nämlich, dass man einen nur nach dem beurteilen kann, was er tut. Was einer denkt oder sich zusammenfantasiert oder heimlich macht und wovon die anderen nichts wissen, das ist uninteressant. Wichtig ist nur das, was er tut. Nur nach dem kann man sich richten."

In diesem Punkt hatte Müller absolut Recht. Das gab Trautmann – der alle Psychologen verdächtigte, bloße Dampfplauderer, zu sein, die nur Gespräche führten und Gutachten schrieben, weil ihnen sonst fad wäre – durchaus zu. Man musste wissen, was einer machte, sonst kannte man ihn nicht und war auf Vermutungen angewiesen.

„Ich will nicht wissen", sagte er zu Gramberger, „von wem du diese Weisheit hast. Was ich wissen will, ist, ob der Mann verlässlich ist und keiner, der irgendwas daherplaudert, nur weil der Tag lang ist."

„Ja, das weiß ich auch nicht. Ich kenn den Typen ja nicht selber, sondern hab die Geschichte über ein paar Ecken erfahren", sagte Gramberger. „Außerdem ist es mir wurscht, was andere machen, solang es nicht mich betrifft und gegen mich geht. Mich interessieren nur meine Geschäfte und meine Leut und diejenigen, mit die ich geschäftlich zu tun hab."

Er nahm seine inzwischen erloschene Zigarre wieder auf, zündete sie mit äußerster Konzentration an und sagte paffend: „Das mit meinen Geschäften hab ich nur aus Gewohnheit so gesagt. Weil ich hab ja keine mehr und bin, wie es auf meiner Visitkarte steht, Privatier und leb von ein bissl Erspartem und von dem Geld, was ich hie und da bei die Pferde gewinn. Und dass ich da herinnen sitz, kommt nur davon, dass der Geschäftsführer von der *Hütten* ein guter Bekannter von mir ist."

„Wem sagst das, Motzl", grinste Trautmann, der natürlich genau wusste, dass der alte Gramberger trotz seiner zwei Bypässe und anderer Wehwehchen noch immer einer der Bosse der Wiener *Galerie* war und seine Finger nach wie vor in einem halben Dutzend *voll linker Geschichten* hatte. „Die ganze Polizei weiß, dass du früher ein Ehrenmann und so sauber wie ein

Landpfarrer warst und jetzt ein noch ehrenmännlicher Privatier bist."

„Genau", sagte Gramberger. „Und bald werd ich ehrenhaft *die Hufe aufstellen*, eine schöne Leich mit ein paar Pfarrern haben und ohne Umweg in den Himmel kommen."

„Sicher, Alter", grinste Trautmann. „Aber, nichts für ungut, in den von der *Galerie*, Motzl. Wo ein paar hunderttausend Jahr *Häfen* und eine Hand voll Leut, was nie derwischt worden sind, weil s' wie du intelligent gewesen sind und andere für sich die Drecksarbeit machen haben lassen, als Engerln herumfliegen und Posaune blasen oder Hallelujah schreien."

Und ernst: „Jedenfalls dank ich dir für den Tipp. Auch wenn er vielleicht nichts bringt. Da gilt der Wille fürs Werk." Er schüttelte Gramberger die Hand. „Wir bleiben die Alten, Motzl, bis wir uns die Erdäpfel von unten anschauen. Da fahrt die Eisenbahn drüber. Ist es dir eh recht, wenn ich mir drunten vom *Bonebreaker* einen Kaffee geben lass."

„Sowieso. Was du bei mir konsumierst, geht logisch aufs Haus."

22

In den nächsten Tagen kam Trautmann nicht dazu, in Sachen geheimes Leben des Hausverwalters Nowatschek zu ermitteln. Denn im Rayon des *Koats* Zentrum Ost häuften sich bei Tag durchgeführte Wohnungseinbrüche und es dauerte, bis die Täter, vier Rumänen, ausgeforscht und festgenommen werden konnten.

Zusätzlich wurde Trautmann noch zu ein paar Events – zu dem im Ernst-Happel-Stadion im Prater stattfindenden Spiel des Jahres, in dem die besten, aber trotzdem miesen Wiener Vereine Rapid und Austria aufeinander trafen, zu einer Jazzgala in der Stadthalle und zu einer im Stephansdom zelebrierten Nobelhochzeit, bei der sich tausende der immer neugierigen Wiener drängten – eingeteilt; wobei es beim Match zu Schlägereien und Festnahmen kam, die Jazzgala in der Stadthalle von zweitklassigen Leuten, die früher einmal was gewesen waren, jetzt aber nichts mehr boten, bestritten wurde, aber trotzdem sehr gut besucht war, und die Hochzeit des angeblich berühmten Paares total verregnet war, sodass die Brautleute trotz aufgespannter Schirme wie gebadete Mäuse vor dem Priester standen, um ihr Jawort zu deponieren.

Es waren schon die ersten kalten Wintertage, als Trautmann nachforschen konnte, was es mit dem Nowatschek auf sich gehabt hatte.

Der Museumsdirektor Paulaner konnte sich nicht vorstellen, dass Nowatschek homosexuell gewesen war, und schon gar nicht, dass er Stricher ins Museum gebracht und dort hatte übernachten lassen. Das Gleiche erfuhr Trautmann von Leuten, mit denen Nowatschek zumindest als Kunde in einer gewissen

Beziehung gestanden war und die er mit aller Vorsicht und auf gewundene Weise befragte. Es gab keinen stichhaltigen Hinweis, dass Nowatschek eine Schwuchtel gewesen war.

Aber vielleicht konnte er aus der Szene einen erhalten. Dabei erwies sich freilich als ungut, dass Trautmann zwar mit den meisten Huren und deren Zuhältern auf Du und Du stand, mit Schwuchteln, Tunten und Strichjungen jedoch kaum etwas oder eigentlich gar nichts *am Hut hatte*.

Er hätte sich natürlich in der Kriminaldirektion 1, bei den Kollegen von der *Sitte*, erkundigen können. Aber er kannte die Leute dort nur flüchtig und hatte außerdem keine Lust, sich von diesen Besserwissern von oben herab wie ein Polizeischüler darüber aufklären zu lassen, wo was lief und wo nicht. Dabei kam natürlich auch die Aversion der Bezirkskriminalbeamten, der *Pflasterhirschen*, gegen die Beamten der Kriminaldirektion 1, Zentrale Ermittlungen, zum Tragen. Die gleiche, wenn auch etwas schwächere, gegenseitige Aversion hatte es ja schon immer zwischen den Leuten aus dem Bezirk und denen im damaligen Sicherheitsbüro gegeben, welches Vorgänger der jetzigen drei Kriminaldirektionen gewesen war.

Er hörte sich zwar bei ihm bekannten Kollegen der anderen Kriminalkommissariate um, musste aber feststellen, dass diese auch nichts Berühmtes zu bieten hatten.

Er erfuhr außer über die ihm ungefähr bekannten Stricherreviere um den Praterstern und im Prater nur von einigen in Bahnhöfen und in deren Umgebung, aber was er dort sah, war unter aller Kritik und sicher nichts für Leute wie den Nowatschek. Die suchten sich ihre Liebhaber nicht in diesen Kreisen, unter Burschen und Mädchen, die mehr oder minder verwahrlost waren und die sich nur deswegen zu sexuellen Handlungen hergaben, weil sie entweder unterstandslos und ohne Geld waren oder ein paar Euro für ihren nächsten Schuss brauchten. Leute wie der Nowatschek nahmen sich nicht irgendwelche

Stricher, sondern suchten sich einigermaßen akzeptable Partner aus. Fragte sich bloß wo.

Dolezal, der zwar nicht homosexuell, aber ein Computerfreak war, führte Trautmann durch alle möglichen Internetkarteien, in denen sich Männer anderen Männern entweder zu Sado oder Maso oder beidem, aber auch zu gewöhnlichem Sex anboten.

Trautmann stellte durch Anfrage bei Hofrat Paulaner fest, dass dieser im Kriminalmuseum zwar einen Internetanschluss hatte, dieser aber nur von Paulaner benützt werden konnte.

Falls sich Nowatschek also für seine Partnersuche des Internets bedient hatte, hätte er das nur in den Internetcafés tun können, die seit neuestem wie die Schwammerln aus dem Boden schossen. In diesen nach einem möglichen Kunden zu fragen, der wie ein paar tausend andere ältere Männer aussah, würde sinnlos sein.

Es gab aber noch die anderen Möglichkeiten. Nowatschek konnte so vorsichtig gewesen sein, als er einen Partner ins Museum mitgenommen hatte, dass dies nicht aufgefallen war. Ebenso gut konnte er seinen Trieb anderswo ausgelebt haben.

Aber warum war er dann im Museum und nicht woanders ermordet worden? Es war ja noch immer nicht geklärt, ob Nowatschek zuerst getötet und danach das Museum devastiert worden war oder ob der Tathergang umgekehrt gewesen war.

Trautmann glaubte aber nicht wirklich, dass am Hinweis vom Motzl etwas Wahres dran war. Trotzdem besuchte er ein paar einschlägige bessere Lokalitäten, die ausschließlich von Schwulen frequentiert wurden – alles leere Kilometer.

Beim Besuch der „Kuranstalt Sebastian“, deren Namen sich auf St. Sebastian, den jünglingshaften, von Pfeilen durchbohrten Heiligen aller Schwulen, bezog, stellte Trautmann fest, dass wahrscheinlich schon der Eintrittspreis eine Nummer zu groß für einen wie den Nowatschek war. In diesem Bad gab es alles zum Wohlfühlen: Sauna- und Dampfkammern, diverse Bassins, ein Buffet, das eigentlich eher wie eine Innenstadtbar wirkte, Ruheräume, Liegen ..., überhaupt alles, was, wie auch die Kunden der Anstalt, sogar ein paar Nummern zu groß für die Nowatscheks war. Im „Sebastian“ verkehrten, wie Trautmann herausfand, Herren, die einander kannten und die ihre Homosexualität offen zur Schau trugen, und Trautmann fühlte sich dort – obgleich natürlich alle Männer, außer sie trugen zeitweilig Bademäntel oder -tücher, nackt waren – wirklich nackt, gewissermaßen ohne schützende Haut und schaute, dass er möglichst bald wegkam.

Im „Gays Club“, einem Bad an der Peripherie, war es zwar nicht so vornehm, der Club wurde aber von meist durchtrainierten Männern besucht, denen gegenüber sich Trautmann beinahe wie eine von Manfred Deix gezeichnete Karikatur eines Mannes vorkam. Auch hier konnte der alte, dicke Nowatschek nicht auf Aufriss gewesen sein.

Er fand auch keine Hinweise in den paar Schwulencafés, die er besuchte. Dort waren nur Männer, die einander entweder kannten oder kennen lernen wollten, aber keiner von denen war auch nur annähernd ein Typ wie der Nowatschek.

Außerdem hatten alle diese Schwulentreffs eines gemeinsam: Es verkehrten dort keine Männer, die ihre Veranlagung krampfhaft vor anderen Leuten zu verbergen suchten – schließlich war Homosexualität unter Erwachsenen nicht mehr strafbar, sondern legal und auch mehr oder weniger normal. Bedeutende Künstler hatten sich schon vor Jahren ganz offen geoutet. Sogar bei der Polizei hatte sich je eine Vereinigung der Schwulen und Lesben gebildet und außer ein paar fossilen Kollegen fand keiner etwas dabei.

Und es gab sogar Bestrebungen, die Ehe zwischen gleichgeschlechtlichen Paaren anzuerkennen; anderswo adoptierten Homosexuelle Kinder und keiner regte sich mehr darüber auf.

Rigid war man nur in ausgesprochen katholischen Ländern, obgleich jeder wusste, dass dort unter Priestern, Mönchen oder Nonnen die Homosexualität durchaus üblich war.

Weder Trautmann noch sonst wer, außer dem Täter, wusste, warum der Nowatschek umgebracht worden war. Dass er möglicherweise schwul gewesen war, hatte wohl mit der Tat nichts zu tun. Der lagen andere Motive zugrunde.

Und dann war noch etwas fraglich: War die Tathandlung ein Mord nach Paragraf 75 Strafgesetz gewesen, bei dem die Absicht des Täters darauf gerichtet sein muss, einen anderen zu töten, oder bloß nach Paragraf 76 ein Totschlag, bei dem nur Verletzungsabsicht, nicht aber absichtliche Tötung eines anderen vorausgesetzt werden konnte.

Aber noch unbefriedigender war, dass er trotz allen Herumrennens von den für die Aufklärung eines Falles verlangten klassischen sieben W nur beschissene vier hatte: *was*, *wann*, *wo*, *wie*. Und höchstwahrscheinlich noch das fünfte: *womit*. Das stand fest.

Aber *wer* der Täter war und vor allem *warum* das Museum zerstört und dem Nowatschek der Hals durchgeschnitten worden war, das wusste keine Sau.

23

Als Trautmann am nächsten Tag ins „Marktcafé“ kam und die gewohnte *Partie* vorfand, fiel ihm auf, dass eine andere Stimmung als sonst herrschte. Auf der Theke standen ein paar halb volle Sektgläser und die Blauensteiner hatte eine neue Kurzhaarfrisur, wobei ihre bisher nur blonden Haare von rötlichen Streifen durchzogen waren; auch hatte sie eine ihm bisher fremde Halskette mit einem fast bierdeckelgroßen, irisierenden Anhänger um den Hals.

Kaum dass Trautmann die Tür geschlossen hatte, wurde er von Rudi mit der Frage überfallen: „Was sagst du, Inspektor?“ Als er Trautmanns reaktionsloses Gesicht sah, redete er aufgekratzt weiter, schoss die nächste Frage ab: „Oder weißt du es noch gar nicht?“

„Wenn ich wüsst, was ich wissen soll, dann tät ich’s dir sagen. Aber umgekehrt bin ich gar nicht auf eine Neuigkeit heiß. Weil mich hat erst unlängst einer gefragt, ob ich was schon weiß, und da wär’s besser gewesen, ich hätt nicht drauf reagiert, weil es mich nur einen Haufen leere Kilometer für nichts und wieder nichts gekostet hat.“

Nun mischte sich die Blauensteiner ein. Sie strahlte Trautmann an. „Hör nicht auf den Rudi, weil ich sag es dir jetzt. Aber vorher mach ich dir noch einen Sekt, damit wir anstoßen können.“

Während die anderen lachten, goss die Blauensteiner Sekt in ein Glas, nahm ihr halb volles und sagte zu Trautmann: „So, und jetzt stoßen wir an!“ Trautmann nahm das Glas. „Na gut. O. k. Stoßen wir also an. Aber auf was? Auf deine neue Frisur? Oder hast einen Lottosechser gemacht?“

Die Blauensteiner drückte ihr Glas gegen das Trautmanns. „Nein. Aber ich tu heiraten! Meinen Schnuckiputzi! Darauf stoßen wir an!“

„Ich glaub, ich träum“, sagte Trautmann. „Vor kurzem hast noch gsagt, die Männer sind alle Hundsviecher und gehören in die Würst. Und jetzt ...“ Er lachte sie an. „Na, jedenfalls gratulier ich dir ganz herzlich! Und wünsch dir und deinem Schnuckiputzi alles erdenklich Gute, Kinderl! Seids viele Jahre glücklich miteinander.“

Trautmann stellte sein Glas ab und umarmte die Blauensteiner. „So, und jetzt kriegst von mir ein ganz dickes Busserl, du Saumensch.“

Die Blauensteiner erwiderte seinen Kuss und bekam feuchte Augen. „Ich freu mich ja so und bin so glücklich, dass ich einen Meter hoch in die Luft hüpfen könnt, Trautmann! Und es tut mir so Leid, dass du dir nicht eine Frau findest.“

„Das braucht dir nicht Leid zu tun. Weil ich war vor hundert Jahr eh schon einmal verheiratet, aber das hat nicht gehalten. Dann hab ich noch ein paar Liebschaften gehabt, aber nimmer heiraten wollen. Nur die Gitti aus Kaisermühlen, die hätt ich beinahe geheiratet, aber die hat mir *den Stecken gegeben*. Jetzt bin ich halt ein *Lonesome Cowboy* oder ein alter Hund, der nur mehr für seinen Dienst lebt. Bei den Gorillas wär ich ein Silberrücken, für die Leut bin ich nur ein glatzerter *Vorstadtkiberer*, der es nicht weiter als bis zum Abteilungsinspektor gebracht hat.“

Trautmann rollte sich eine Zigarette, paffte und sagte, mehr zu sich als zu den anderen: „Ist aber eh wurscht. Was ist, das ist, und da fahrt die Eisenbahn drüber.“

Dann fragte er die Blauensteiner: „Und wann ist es so weit? Wann heiratest du?“

„Nächste Woche, auf unserem Bezirksamt. Und der Bezirksvorsteher hat gesagt, er kommt auf einen Sprung in den Trausaal und ... Der Schnuckiputzi und ich haben uns gedacht, es wär schön, wennst du als mein Trauzeuge gehen tätest. Die Horak als meine beste Freundin wär mir zwar auch gegangen, aber als Trauzeuge gehört halt ein gestandener Mann. Wirst du's machen?"

Trautmann trank seinen Sekt aus und brummte: „Ich hab ja nicht einmal einen ordentlichen schwarzen Anzug. Und …"

„Der Anzug spielt doch keine Rolle", unterbrach ihn die Blauensteiner. „Du musst ja nicht heiraten, nur Zeuge sein, Trautmann! Da ist es wurscht, was du anhast, Hauptsache, du kommst nicht nackert. Also, wirst mir als Zeuge gehen?"

„Ja, schon. Gut, o.k. Wennst du und dein Schnuckiputzi mich so nehmts, wie ich halt bin, dann kannst mit mir rechnen."

24

Die Hochzeit der Blauensteiner mit ihrem Schnuckiputzi fand zwar nicht im Stephansdom oder in der Hofburgkapelle statt, war aber trotzdem schön.

Die nicht mehr ganz junge und, wie es im Amtsdeutsch mitunter heißt, *geschlechtlich nicht mehr unbescholtene* Braut kam natürlich bodenlang und in Weiß. Der Bräutigam namens Ewald Zvatorra war bereits über das hinaus, was man mittlere Jahre nennt. Er trug einen Smoking aus seinem eigenen Kleider- und Kostümverleih, schwitzte vor Aufregung und schaute beinahe *schlagflüssig* aus. Er hatte als Trauzeugen einen mittleren Politiker der ÖVP dabei.

Natürlich waren auch die Horak, der Rudi, einige weitere Stammgäste des „Marktcafés“ und ein paar Standlinhaber vom Karmelitermarkt da. Der Bezirksvorsteher schaute, wie versprochen, kurz in den Trauungssaal, deponierte namens der Bezirksvertretung einen Blumenstrauß und entschuldigte die Bezirksräte, die wegen einer dringenden Sitzung mit einer Stadträtin leider nicht kommen konnten. Trotz deren Fehlen waren aber fast fünfzig Leute bei der Trauung, sodass der Saal ziemlich gefüllt war.

Die meisten der Anwesenden hatten Blumen mitgebracht und waren, bis auf den unterstandslosen Rudi, einigermaßen festlich gekleidet; nur Trautmann und Rudi hatten der Braut keine Blumen mitgebracht.

Rudi, weil er für so was kein Geld hatte, und Trautmann, weil er Galanterien schon verlernt hatte und auch desinteressiert an den Usancen bei festlichen Anlässen war. Er trug aber einen kompletten Anzug, der schon bessere Zeiten gesehen hatte und ihm zu klein geworden war, und hatte auch eine Krawatte umgebunden und ein kleines Hochzeitssträußchen am Revers befestigt.

Die Rede des Standesbeamten war nicht sehr lang, aber ergreifend. Er sprach von dem großen Glück, wenn zwei Menschen in einer lieblos gewordenen Zeit in Liebe zusammenfinden – Menschen, die willens waren, einander in guten und in schlechten Zeiten anzugehören, einander zu vertrauen und sich an jedem neuen Tag aufs Neue zu lieben.

Wegen dieser Rede erlitt die Blauensteiner beinahe einen Weinkrampf und auch Rudi vergoss ein paar Tränen, weil ihm angesichts des Brautpaars zu Bewusstsein kam, dass er ein unterstandsloses, hinkendes Nichts war, das ohne starke Brillengläser nur schemenhaft sah, außer dem Inspektor Trautmann keinen wirklichen Freund hatte, nie zu einer ordentlichen Frau kommen und schließlich irgendwann umfallen und sterben würde, als einer, der zwar auch ein Mensch gewesen war, aber für die Welt nie gelebt hatte.

Nach dem Jawort der Brautleute und dem Anstecken der breiten Eheringe fuhren die meisten der Anwesenden in ein großes, nicht weit entferntes Eckgasthaus namens „Reblaus", an dessen Tür eine Tafel mit der Aufschrift HEUTE GESCHLOSSENE GESELLSCHAFT hing.

Die Horak hatte sich nach dem Verlassen des Amtshauses entschuldigt und war nicht mit in die „Reblaus" gekommen. Dafür tauchte unvermutet Motzl Gramberger mit einem riesigen Blumengebinde und zwei *Buckeln* auf, weil die Gegend rund um den Donaukanal und die Untere Augartenstraße nicht mehr zu seinem derzeitigen, geschrumpften Einflussgebiet gehörte und von einer georgisch-ukrainischen *Partie betreut* wurde.

Motzl lud das frisch gebackene Ehepaar für den Abend in sein Lokal „Miranda" ein, was aber dankend abgelehnt wurde, weil die beiden in ihrem Glück so bald wie möglich allein sein wollten.

Trautmann schaute nach dem Ende der Tafel kurz beim Kriminalmuseum vorbei, in dem die Renovierungsarbeiten fast fertig waren. Auch die meisten der neu beschafften Dokumentationen waren bereits eingelangt, was natürlich nur möglich war, weil Hofrat Paulaner nicht nur Privatgelehrter war, sondern auch beste Beziehungen zur Polizei hatte, in deren Schule und weiterführenden Kursen er genauso wie an der relativ neuen Polizeiakademie Vorträge hielt.

Das große, gezackte Messer, das als einziges der in den Vitrinen ausgestellten Exponate abhanden gekommen war, hatte er aufgrund der Angaben in den seinerzeitigen Gerichts- und Polizeiakten ohne weiteres nachmachen lassen können. Es würde in den nächsten Tagen angeliefert werden.

„In vierzehn Tagen“, sagte Paulaner zu Trautmann, „wird die Neueröffnung des Museums stattfinden, und es wäre mir eine Ehre und Freude, wenn auch Sie zugegen wären. Sie werden in den nächsten Tagen die Einladung bekommen. Denn ich habe die Absicht, zur Eröffnung nur geladene Personen einzulassen.“

Als ihn Trautmann fragte, wie es mit einem neuen Hausverwalter ausschaue, antwortete Paulaner, dass er nicht die Absicht habe, wieder einen einzustellen. Er habe aber bereits eine neue Putzfrau und eine Angestellte aufgenommen und werde auch, wenn notwendig, einen oder zwei Studenten stundenweise beschäftigen.

Derzeit werde, als Tüpfelchen auf dem i, das ganze Haus mit einer Alarmanlage ausgerüstet, die direkt mit den Polizeidienststellen verbunden sei, sodass im Falle eines neuerlichen Einbruchs mit sofortigem Eingreifen gerechnet werden könne.

Trautmann schaute dann noch in der Polizeiinspektion Leopoldsgasse vorbei, trank zu den unzähligen Tassen Kaffee, die er heute schon intus hatte, noch eine, rollte sich seine fünfzigste Zigarette und ging weiter zum „Marktcafé“.

Dort schaute es aus wie nach einem Begräbnis. Nicht einmal der immer anwesende Ferdl und der schnorrende Rudi waren da. Die Horak saß an einem Tisch, auf dem eine halb volle Weinflasche, ein benutztes Glas und ein voller Aschenbecher mit einigen nur halb gerauchten dünnen Filterzigaretten, von denen eine noch gloste, standen und zwei Tageszeitungen lagen, auf deren Titelblätter sie ohne etwas wahrzunehmen starrte.

Sie war offensichtlich derangiert und beinahe betrunken. Sie trug noch das Kostüm, das sie bei der Trauung angehabt hatte. Das hatte jetzt aber einen Rotweinfleck am Revers und wirkte, als ob es aus einem Sammelcontainer für gebrauchte Kleidung stammen würde. Die Augenschminke der Horak war zerlaufen und zog eine dünne schwarze Bahn über ihre Wangen.

Als Trautmann hereinkam, schaut sie ihn stumpfäugig an und sagte mühsam: „Na, wenigstens einer, was noch in mein Kaffeehaus findet. Alle anderen …“ Und mit einer Handbewegung: „Na, scheiß drauf. Bin ich allein auf die Welt gekommen, kann ich auch allein da herinnen sitzen. Ist ja wurscht.“

„Wurscht ist eine Buren oder Käsekrainer“, sagte Trautmann. „Außerdem sitzt nicht allein da, weil ich bin ja auch noch da, Kinderl.“

Er setzte sich zur Horak, rollte sich eine Zigarette und brummte weich: „Morgen werden schon wieder alle kommen und es wird sein wie immer.“

Der Horak stiegen schon wieder Tränen in die Augen. „Aber die Poldi, die Blauensteiner, wird morgen nicht und überhaupt nimmer kommen. Die wird im Geschäft von ihrem Schnuckiputzi sein und auf das ‚Marktcafé‘ pfeifen. Sie hat's mir ja schon gesagt, dass sie aussteigen will. Und gnadenhalber, dass ich mir mit dem Auszahlen an sie Zeit lassen kann, weil sie jetzt eh Geld genug hat.“

Trautmann versuchte die Horak zu trösten: „Na, dann machst den Laden halt allein oder nimmst dir stundenweise eine Hilfe.

Rennen eh genug Weiber herum, die froh sind, wenn s' bei dir eine Arbeit kriegen."

„Es geht mir ja nicht nur um das gschissene Café", sagte die Horak. „Aber die Blauensteiner zieht ja auch aus der Wohnung aus. Da kann ich dann dort wie bestellt und nicht abgeholt herumsitzen und warten, bis mir der Plafond auf den Schädel fallt."

„Der wird schon oben bleiben, Kinderl. Und an das Alleinwohnen gewöhnt man sich, wie man sich an alles gewöhnt. Ich wohn ja auch allein und es geht mir nicht schlecht dabei."

Noch während Trautmann redete, wusste er, dass er der Horak aus Mitleid eine Lüge hineindrückte. Denn es ging ihm mit dem Alleinwohnen überhaupt nicht gut.

Gut oder zumindest halbwegs gut war es ihm während seiner, wie er zu sagen pflegte, hundert Jahre zurückliegenden Ehe gegangen. Und als dann seine Tochter zur Welt gekommen war und er sie hatte aufwachsen sehen, war es ihm sehr gut gegangen.

Dass ihn die Frau verlassen hatte, war auszuhalten gewesen, solange er das Mädel bei und um sich hatte. Aber als sie dann nach einem *Goldenen Schuss* in einem dreckigen Vorstadthäusl gefunden worden war, hatte es eine Zeit gegeben, in der er sich gefragt hatte, wofür er überhaupt lebte und ob es nicht gescheiter wäre, er stecke sich seine Glock in den Mund und drücke ab. Davon hatte ihn im Grunde nur der Polizeidienst abgehalten, weil ihm der die Gewissheit gab, dass er wenigstens noch zu etwas gut war.

Und die paar Jahre mit Gitti, der Trafikantin aus Kaisermühlen, waren schön gewesen, hatten aber auch ihr Ende gefunden. Vielleicht, weil er überhaupt kein Mann für eine Frau war. Er hatte mit Gitti in einem großen Gemeindebau in der Schiffmühlenstraße, zwischen Alter Donau und dem Entlastungsgerinne, gewohnt und war dort glücklich gewesen.

Aber der häufige und vor allem unregelmäßige Dienst hatte, wie auch bei manchen seiner Kollegen, dazu geführt, dass das keine Frau auf Dauer aushielt oder aushalten wollte. Und so war er in die beschissene Wohnung in der Meiereistraße gezogen, in ein Haus, in dem mehr Türken als Wiener lebten, in dem es keine nicht beschmierte Wand im Stiegenhaus und ständig einen Wirbel wegen nichts und wieder nichts gab.

Hatte er der Horak gesagt, dass allein zu wohnen eh ganz gut war?

In Wahrheit führte Alleinwohnen zu Trübsinn und war scheiße. Und wenn nicht seine Leute im *Koat*, die Bekannten im *Grätzl* und das „Marktcafé" gewesen wären, hätte er wahrscheinlich schon mit seinem Leben, das von Anfang an das eines Versagers und ein Flop gewesen war, Schluss gemacht.

Trautmann stand auf, stellte sich neben die Horak und sagte weich: „Nicht traurig sein, Kinderl. Das Leben ist eh schon traurig genug." Er legte den Arm um ihre Schultern und brummte: „So, und jetzt trinken wir zuerst einen Doppelespresso und dann lassen wir uns mit Kognak *anrinnen*. Morgen ist auch noch ein Tag."

Er nahm den Arm von der Horak, ging zur Lokaltür und hängte die Tafel GESCHLOSSEN daran. Ging hinter die Theke, nahm eine Kognakflasche und zwei Gläser und brachte sie zum Tisch. Rollte sich eine Zigarette, zündete sie an, goss Kognak in die Gläser und sagte: „Mach dir nichts draus, Kinderl. Denk dir: Wer heiklig ist, bleibt über. Du wirst es schon packen, wie du bisher alles gepackt hast."

Die Horak schaute ihn an und versuchte ein Lächeln. „Glaubst?"

„Das weiß ich. Damit es Leut wie uns *aus die Schuh reißt*, da müssen ganz andere Sachen passieren."

25

Eine Woche vor Weihnachten fand die Wiedereröffnung des Kriminalmuseums statt.

Die Große Sperlgasse und die Gassen und Straßen in der Nähe waren zugeparkt, und weil es sich um ein Ereignis handelte, an dem hohe und höchste Polizeibeamten teilnahmen, gab es zusätzliche Halteverbote, sodass die Bewohner des Viertels oder Leute, die in ihm zu tun hatten, verärgert waren.

Besonders in der Großen Sperlgasse drängten sich die Polizeidienstautos, deren Chauffeure entweder Zeitung lesend hinter dem Lenkrad saßen oder gelangweilt rauchten. Sie hätten natürlich, weil ja genug Uniformierte herumstanden, wie ihre Vorgesetzten, die zum Teil in den neuen, goldüberladenen Uniformen brillierten, ins Museum gehen können, wollten sich diesen Auftrieb aber ersparen.

Denn wenn Hofrat Paulaner zu der Wiedereröffnung seines Museums einlud, kam natürlich alles, was Rang und Namen hatte. Anwesend waren die einschlägigen Minister, zwei Stadträte in Vertretung des Bürgermeisters, der wegen einer lange geplanten Auslandsreise hatte absagen müssen, der Bezirksvorsteher mit einigen Bezirksräten, hochrangige Leute aus den politischen Parteien der Stadt, natürlich, wenn es ihr Dienst erlaubte, zahlreiche Polizisten vom Kommissariat Zentrum Ost samt dem Stadthauptmann und Leute aus Wirtschaft und Kultur – jedenfalls waren es so viele, dass sie fast nicht in die Räume des kleinen Museums passten. Und es gab jede Menge Pressefotografen, Reporter und Kamerateams aus allen Medienbereichen.

Und natürlich wurden alle möglichen Reden entweder frei gesprochen oder vom Blatt abgelesen, wurde Paulaner ein weiterer Orden verliehen, ehe man sich durch die teilweise zu engen Räume mit den Exponaten und Dokumentationen drängte.

Auch die wahrscheinliche, nach wie vor verschwundene Tatwaffe beim Mord am Hausverwalter Nowatschek war rechtzeitig angekommen und sogar mit Rostflecken ausgestattet.

Das Museum war jetzt schöner als vorher, die meisten Dokumentationen waren hübsch gerahmt; auch die Beleuchtung war besser. Ebenfalls neu waren die in jedem Raum angebrachten Videokameras, die jeden weiteren Einbruch verhindern und wenn doch einen möglichen Täter aufzeichnen sollten.

Trautmann kannte beinahe alle Geladenen – entweder vom Fernsehen, weil er sie irgendwann hatte bewachen müssen, oder weil er beruflich mit ihnen zu tun gehabt hatte. Sie alle waren gekommen, weil man eine Einladung von Paulaner nicht ausschlug, und wimmelten durcheinander, aber man konnte von ihren Gesichtern ablesen, dass ihnen das Museum nicht besonders wichtig war. Zumindest unwichtiger als die Frage, was das von einer bekannten Cateringfirma ausgerichtete und vorläufig noch abgedeckte Buffet bieten würde.

Trautmann wirkte wie ein drittklassiger Journalist, denn er trug seine alten Sachen, die formlosen Schuhe undefinierbarer Farbe, einen Rollkragenpulli, derangierte Jeans und seine übliche billige, aber warme Jacke, und er hatte, ebenfalls wie üblich, den gewohnten Zweitagebart. Seine wenigen, fast abrasierten Kopfhaare standen, ebenfalls wie üblich, in alle Windrichtungen ab.

Er schaute anscheinend nur so vor sich hin, beobachtete aber, wie er es seit Jahrzehnten gewohnt war, alles um sich herum. Sein oft teilnahmslos wirkender Blick war im Bezirk schon zur Legende geworden. Ein paar seiner Kollegen waren der festen Meinung, er könne gleichzeitig nach hinten und vorn schauen.

Trautmann konnte nicht anders als dauernd zu observieren. Deshalb hatte er plötzlich das Gefühl, dass irgendwas in dem Raum, in dem er sich eben befand, merkwürdig war.

Er fühlte eine innere Spannung, wusste aber nicht, woher sie kam, nur, dass sie unbestreitbar da war. Es war die gleiche Spannung, die bei ihm auftrat, wenn er eines von den Zen-Koans lösen wollte, keine Lösung fand und immer schneller im Kreis dachte – bis die Spannung wich und die beinahe hanebüchen einfache Lösung sein Gehirn ausfüllte. – Ein Vorgang, den die japanischen Zen-Buddhisten Satori nennen.

Er schaute sich im Raum um und sah zunächst nur die Dokumentationen an den Wänden, die unter der Decke angebrachten Videokameras und die sich drängenden Besucher. Dann aber sah Trautmann vor der Vitrine, in der das Duplikat des Messers ausgestellt war, mit dem Nowatschek getötet worden war, einen nicht allzu großen, schwächlich wirkenden älteren Mann stehen, der wie hypnotisiert auf das Exponat starrte. Er fühlte, dass es mit diesem Mann etwas auf sich hatte, was er noch nicht erklären konnte.

Er folgte dem Mann durch mehrere Räume und merkte, dass dieser sich mehr oder weniger von den anderen Besuchern schieben ließ und wie diese nur flüchtig auf die Dokumentationen und Exponate schaute. Dann drängte sich der Mann durch die Besucher durch, wieder in den Raum zurück, in dem das Duplikat des vermutlichen Mordmessers in der Vitrine lag, stellte sich wieder davor und starrte wie vorhin gebannt auf das Exponat.

Als er den ihm bekannten Journalisten Göttlicher mit einer Polaroidkamera hereinkommen sah, ging Trautmann zu ihm hin und sagte: „Frag mich nicht warum, Alter, aber mach ein Foto von dem Mann, der vor der Vitrine mit dem Messer steht."

Göttlicher fotografierte den Mann von der Seite und von vorne, und mit ihm die Vitrine und die Umstehenden, wartete, bis die Fotos aus der Kamera glitten und gab sie Trautmann.

„Für was du von dem kleinen Arsch Fotos willst, ist mir schleierhaft. Das Würstl ist doch niemand – oder?"

„Ich weiß es nicht", brummte Trautmann. „Noch nicht …"

Er brach ab und schaute, ob der noch immer in die Vitrine starrende Mann bemerkt hatte, dass er fotografiert worden war, stellte aber fest, dass dieser nach wie vor fasziniert auf das Messer schaute und seine Umgebung überhaupt nicht wahrnahm. Er schien auch nicht zu merken, dass er in dem Gedränge immer wieder gestoßen wurde, sondern stand wie angewurzelt da und starrte, starrte, starrte …

Trautmann verließ den Raum und suchte Hofrat Paulaner. Er fand ihn in einem anderen Raum im Gespräch mit dem Polizeipräsidenten, entschuldigte sich und bat Paulaner zur Seite. Er zeigte ihm die Fotos und fragte ihn, ob er den Mann kenne.

„Aber sicher", antwortete Paulaner. „Das ist Herr Hanke, ein Schlossermeister aus der Glockengasse, der mir nach dem Einbruch das Torschloss gegen ein besseres ausgetauscht hat, das weder mit einem Dietrich noch mit einem anderen Werkzeug, sondern nur mit dem passenden Schlüssel zu öffnen ist." Und mit einem Lächeln: „Wenn jetzt jemand Unbefugter ins Museum will, wird er wohl das Haustor sprengen müssen. Oder die Stahlstäbe, die ich vor den Fenstern habe anbringen lassen, durchsägen. Beides würde einen solchen Lärm verursachen und außerdem den Alarm auslösen, sodass der Einbrecher völlig chancenlos wäre."

Dann desorientiert: „Warum haben Sie den Herrn Hanke denn fotografiert? Gibt es da einen besonderen Grund? Ist mir etwas entgangen?"

„Aber nein, Hofrat. Ihnen entgeht ja nichts", sagte Trautmann. „Ich weiß auch nicht direkt, warum … Sagen wir halt so: Weil ich ja alle Leut da herinnen kenn, den aber nicht, hab ich ihn fotografieren lassen. Ihn zu Ihnen schleppen, das hätt ich ja nur schwer können."

Paulaner lächelte: „Das ist richtig. Aber weil wir gerade im Gespräch sind: Sie bleiben doch zum Buffet – wenn es auch nicht den von Ihnen geliebten Pferdeleberkäse gibt."

„Leider nicht, Hofrat", sagte Trautmann. „Ich muss dienstlich noch wohin, wo ich schon längst sein sollte. Aber die Museumswiedereröffnung hab ich mir nicht entgehen lassen wollen."

Hofrat Paulaner ging zum Polizeipräsidenten zurück und Trautmann drängte sich durch die Leute hindurch aus dem Museum. Draußen fielen die ersten, noch zögernden Schneeflocken, und die Chauffeure der Dienstwagen hatten, obgleich das bei stehendem Fahrzeug verboten war, zum Teil die Motoren angelassen, um es wärmer zu haben.

Aber polizeiliche Verbote waren eben dazu da, um von Polizisten übertreten zu werden.

Trautmann schlug den Kragen seiner Jacke hoch, setzte seine zerdrückte Wollmütze auf und ging dann langsam in Richtung Taborstraße. Er schaute kurz in die Glockengasse und sah in einem Haus ein kleines Geschäftslokal, an dem eine altmodische eiserne Tafel mit der Aufschrift GUSTAV HANKE, SCHLOSSERMEISTER im aufkommenden Wind hin und her baumelte.

Hanke, Schlossermeister. Ein kleiner, schwächlicher alter Mann. Irgendwas war mit dem los. Fragte sich nur was. Aber er, Trautmann, würde schon draufkommen.

Wer das Koan vom *Klatschen einer erhobenen Hand* lösen konnte, der würde auch dahinterkommen, was mit dem Schlossermeister los war. – Wenn es da etwas gab.

Darüber musste er, bei einem Liter Kaffee und einem Dutzend Selbstgedrehter, in seiner Wohnung nachdenken. Und vorher musste er den Telefonhörer neben den Apparat legen und das Handy abschalten.

Kein Mensch glotzte wegen nichts und wieder nichts ein in einer Vitrine liegendes Messer an, mit dem vor vielen Jahren jemand umgebracht worden war. – Oder doch?

26

Trautmanns sehr vorsichtig durchgeführte Ermittlungen in der Glockengasse erbrachten vorläufig wenig.

Er befragte unter einem Vorwand den Besitzer des Hauses, in dem Hankes Werkstätte war, über die gesamten Mieter und erhielt Auskunft über alle, obgleich ihn ja nur Hanke interessierte.

In dem über hundert Jahre alten dreistöckigen Haus wohnten sechsundzwanzig Mieter, die vor sechzig bis vier Jahren eingezogen waren. Hanke war im Jahr 1973 in das Haus gekommen. Er hatte hinter seinem Geschäft eine kleine Werkstätte. Seine Wohnung befand sich im ersten Stock, neben der des Hausbesitzers.

Der Hausbesitzer äußerte sich ausführlich über seine Mieter. Neben Hanke, einem jungen Wiener Ehepaar und zwei alten Frauen waren es türkische, serbische und aus Afrika stammende Mieter und, ja, auch eine persische Familie gab es – durchwegs, wie der Hausbesitzer sagte, nette, zivilisierte Leute, von denen die meisten bereits österreichische Staatsbürger waren.

Natürlich redete der nicht zu bremsende Mann auch über Hanke. Der war seinerzeit mit seiner Frau eingezogen, die aber vor mehr als zehn Jahren gestorben war. Er hatte, als noch bessere Zeiten gewesen waren, drei Arbeiter gehabt, arbeitete jetzt aber nur mehr alleine – so schlecht und recht das halt ging, weil er ja nicht mehr der Jüngste und auch nicht mehr der Gesündeste war.

Hanke war nach dem Tod seiner Frau religiös geworden, besuchte oft den Königreichsaal der Zeugen Jehovas und stand jeden Samstagnachmittag und den ganzen Sonntag über vor dem Riesenrad oder dem Schweizerhaus im Wurstelprater, wo er die Zeitung *Wachturm* zu verkaufen suchte.

Der Hausbesitzer hatte, wie er sagte, gegen niemanden etwas. Ihm waren alle Leute gleich lieb und wert, solange sie sich so benahmen, wie es sich gehörte. Er hatte auch gegen die Zeugen Jehovas nichts, glaubte aber doch, dass die irgendwie daneben waren und an einem Dachschaden litten. Leute, die glaubten, die Einzigen zu sein, die wirklich wussten, was Gott wollte, die nach diesem Wissen handelten und glaubten, deswegen in den Himmel zu kommen, konnten ja nicht ganz dicht sein. Aber umgekehrt konnte ja in Österreich jeder glauben, was er glaubte wollte, schließlich lebte man ja in einem freien Land.

Außerdem war Hanke sozusagen der Traum aller Hausbesitzer, so ruhig, dass man überhaupt nicht merkte, ob er zuhaus war oder nicht, ein pünktlicher Zinszahler – und er hatte seit Jahren keinen Besuch gehabt. Außer, wie sich der Hausbesitzer erinnerte, heuer irgendwann im Frühsommer war ein Engländer bei Hanke zu Besuch gewesen. Ein Mister … Vielleicht Brewer oder so. Jedenfalls ein Professor und Hanke hatte ihm diesen nobel aussehenden älteren Mann als Bruder im Geiste vorgestellt.

Trautmann, der sich, um den Anschein zu wahren, eine Menge Notizen gemacht hatte, bedankte sich und ging, um sich von der Suada des redseligen Hausbesitzers zu erholen, auf kürzestem Weg ins „Marktcafé“, wo er die Horak und die Stammgäste Ferdl und Rudi antraf.

Die Horak war noch immer dabei, sich daran zu gewöhnen, dass sie das Café jetzt allein führte, und erwies sich als ziemlich wortkarg. Ferdl und Rudi redeten dafür umso mehr über Nichtigkeiten, die sie aber für wichtig hielten.

Es ging den beiden in der Hauptsache darum, ob der Bezirksvorsteher mit seiner Idee Erfolg haben würde, das Viertel um den Karmelitermarkt anders und zukunftsorientierter zu gestalten. Angeblich plante er den Abriss einiger alter Häuser und deren Ersetzung durch moderne Hochbauten, in die betuchte junge Leute einziehen und frisches Blut in den Bezirk mit seiner überalterten Bevölkerung bringen sollten. Auch sollten wegen der Auflösung bereits vorsintflutlicher Läden moderne Geschäfte und Boutiquen geholt werden. Und möglicherweise sollte auch der Markt, der ja sowieso schon auf *Absterbens-Amen* war, aufgelassen und auf dem dadurch gewonnenen Platz ein Wohnturm errichtet werden.

Wann, wie und ob überhaupt das Viertel ein neues Gesicht erhalten sollte, interessierte Trautmann wenig, das war, wie er den beiden sagte, im Moment seine hundertzweite Sorge.

Er trank nur einen Espresso, rauchte eine Zigarette und ging ins *Koat*, wo es drunter und drüber ging, weil der Polizeipräsident und die Innenministerin für den nächsten Montag ihren Besuch angesagt hatten.

Aber auch das war Trautmann derzeit genauso wurscht wie die Vermutungen der Kaffeehausbrüder über die Veränderungen im Marktviertel. Stadtviertel veränderten sich eben, und Minister und Präsidenten kamen und gingen, ohne dass man deswegen ein großes Trara veranstalten musste.

Und weil gerade der Samstagnachmittag angebrochen und sonst nichts Dringendes für die Gruppe 4 zu tun war, nahm Trautmann sich Burschi Dolezal, um im Wurstelprater auf Fußstreife zu gehen und vielleicht den einen oder anderen Taschendieb zu fassen. Der Prater würde zwar nicht bevölkert, aber die diversen Spielhallen würden sicher wie immer gut besucht sein.

Wider Erwarten war der Wurstelprater aber doch einigermaßen belebt. Es war, obgleich Dezember, wärmer geworden und sogar die Sonne zeigte sich ein bisschen.

Die größeren so genannten Attraktionen, monströse, hochelektronische Angelegenheiten, waren zwar geschlossen, einige Autodrome und Schießbuden waren aber in Betrieb; auch die Langos-, Wurst- und Erfrischungsbuden hatten teilweise offen und sogar ein paar Gäste. Vor dem sich drehenden Riesenrad drängten sich die üblichen Touristen, die sich unbedingt Wien von oben anschauen wollten.

Dieses Riesenrad ist eines der Wahrzeichen Wiens. Es war im Jahr 1897 vom englischen Ingenieur Basset errichtet worden. Während der Vernichtung des Wurstelpraters im Jahr 1945, kurz vor dem Ende des Zweiten Weltkriegs, hatte es zwar alle Waggons verloren, aber als Skelett überlebt. Die Waggons wurden nach und nach ersetzt und so schaute das Riesenrad fast genauso wie zur Zeit seiner Errichtung aus.

Vor dem Riesenrad stand auch der dicht vermummte Gustav Hanke, der offensichtlich an starkem Schnupfen litt, aber trotzdem unbeirrt einige Exemplare des *Wachturms* vor seine Brust hielt. Hanke hatte wegen seines Schnupfens sozusagen alle Hände voll zu tun, denn entweder musste er sich schnäuzen und sich die gebrauchten Papiertaschentücher in die Jackentasche stopfen, oder er nieste einfach auf die *Wachturm*-Exemplare.

Trautmann gab Dolezal einen leichten Rippenstoß und sagte: „Burschi, geh zu dem alten *Schneebrunzer* und kauf ihm eines von seinen Kasblattln ab. Aber schau, dass du das oberste von ihm kriegst."

Dolezal wollte etwas erwidern, ging aber dann zu Hanke hin und kaufte ihm einen *Wachturm* ab. „Ich glaub", sagte er zu Trautmann, „dass bei dir irgendwas *außer Fasson* ist. Was willst denn mit dem Blattl? Ich hab mir denkt, du bist ein Buddhist."

„Bin ich ja auch, Burschi."

„Und was willst dann mit dem Jehova?"

„Das", sagte Trautmann, „wirst schon noch erfahren. Vorläufig aber …"

Er brach ab, weil Hanke, der offenbar für heute genug hatte und seines Schnupfens nicht Herr wurde, zum nächsten Müllkorb ging, dort seine vielen gebrauchten Papiertaschentücher hineinwarf und langsam davonschlurfte.

„So", sagte Trautmann zu Dolezal und gab ihm eines der Plastiksäckchen, die er immer bei sich trug, „jetzt gehst zum Mistkübel und bringst mir die ganzen Sacktüchln, was der Alte gerade eineghaut hat."

Dolezal bekam runde Augen. „Bist du jetzt noch da oder schon drüben und komplett *hin in der Marillen*? Was willst denn mit die Rotzfetzen, hörst?"

„Das wirst du schon erfahren. Jetzt geh hin und mach, was ich dir gesagt hab. Gemma!"

Dolezal verstand die Welt nicht mehr und dachte, dass der Trautmann jetzt wirklich *voll daneben* war. Der litt schon entweder an Greisenblödsinn oder hatte einen Hirntumor. Was wollte diese *Krücken* mit einem Haufen angerotzter Papiertaschentücher? Sie einrahmen oder was? Er ging aber trotzdem zum Papierkorb, stopfte die obenauf liegenden gebrauchten Taschentücher in das Plastiksäckchen, kümmerte sich nicht um die Blicke der Touristen, die ihm dabei zuschauten, ging zurück, drückte Trautmann das prall gefüllte Säckchen und den *Wachturm* in die Hand und sagte: „Die Touristen werden glauben, in Wien gibt es Depperte, was in Papierkörben herumstierlen und sich noch dazu eine Zeitung von die Zeugen Jehovas kaufen. Na, mir soll's recht sein. Hauptsache, du hast eine Freud."

„Hab ich auch", grinste Trautmann und begann sich eine Zigarette zu rollen. „Eine Riesenfreud sogar, Burschi. Weil, weißt, was wir jetzt machen?"

„Nein." Und weiter sarkastisch: *„In die Faust scheißen und lachen*?"

Trautmann zündete sich seine Selbstgerollte an. „Das schicken wir jetzt alles nach Innsbruck. Der Alte mit die Zeitungen", erklärte er, „ist mir aufgefallen und ist wahrscheinlich *unkoscher*. Bei dem haut was nicht hin und ich denk mir …"

Er brach ab, warf die kaum angerauchte Zigarette weg und sagte: „Ich hab den im Verdacht, dass er was mit dem Museum und dem Nowatschek zu tun hat. Kommt mir zwar selber komisch vor, aber es könnt ja sein. Jedenfalls, ist's was, ist's gut. Ist's nichts, kann man auch nichts machen. An der Zeitung und an die Sacktüchln sind jede Menge DNA-Spuren. Die in Innsbruck sollen schauen, ob's da eine Übereinstimmung mit den Spuren gibt, die am Nowatschek festgestellt wurden."

Dolezal nahm das bloß zur Kenntnis und war fast sicher, dass der Trautmann einen Sprung in der Schüssel hatte. Denn diesem alten *Nudelkopf* mit seinem *Wachturm* und dem dauernden Herumrotzen war zwar alles Mögliche zuzutrauen, zum Beispiel Kinderschändung oder ein Diebstahl in einem Supermarkt. Sogar, dass er einen anderen vergiftete. Oder in ein Museum einbrach und dort Schaden anrichtete. Aber dass er einem gestandenen Mann wie dem Nowatschek, der außerdem noch bewaffnet war, die Kehle durchschnitt, das nicht. Das wirklich nicht.

So etwas konnte sich nur einer wie der Trautmann vorstellen. Einer, der schon zu lange im Kriminaldienst war und am helllichten Tag Gespenster sah. Typen wie der gehörten eigentlich entweder in den Innendienst versetzt oder im nächsten Müllcontainer deponiert.

Weil sie es, wurscht wie gut sie einmal gewesen waren, jetzt einfach nicht mehr brachten.

27

Fünf Tage später wusste Trautmann, dass er wieder mal die richtige Nase gehabt hatte.

Denn jetzt hatte er den Befund aus dem Innsbrucker Labor, und der besagte, dass die am ermordeten Nowatschek sichergestellten DNA-Proben mit denen vom *Wachturm*-Verkäufer Hanke übereinstimmten.

Was hieß, dass Nowatschek zu 99,9 Prozent von Hanke umgebracht worden war.

Trautmann musste zwar einen Anschiss seines Oberstleutnants hinnehmen, weil er ohne etwas zu sagen so mir nichts, dir nichts das Innsbrucker Labor eingeschaltet hatte, aber das war ihm wurscht.

Er ging in die Glockengasse und stellte fest, dass die Schlosserei wegen der Weihnachtsfeiertage geschlossen war. Er fand Hanke aber in seiner Wohnung vor, wo er vor Trautmanns Erscheinen vor einem von zwei dicken brennenden Kerzen flankierten Jesus-Bild gesessen war.

„Du kommst jetzt mit mir mit, Alter“, sagte Trautmann, nachdem er sich ausgewiesen hatte, ruhig und fast freundlich. „Lösch die Kerzen aus, pack dir ein bissl Waschzeug ein und dann gemma.“

Hanke verwahrte sich gegen die Störung seiner Andacht und den Ton Trautmanns und wollte wissen, warum er mitgehen sollte. Er sagte, es könne sich nur um einen Irrtum handeln, egal, um was es ginge.

„Das ist kein Irrtum, Hanke“, sagte Trautmann, noch eine Spur ruhiger als vorhin. „Ich habe Beweise, dass du im Museum warst, dort alles ruiniert und dann auch noch dem Nowatschek die Gurgel durchgeschnitten hast. Ich nehm dich im Namen des Gesetzes wegen Verdachts des Einbruchdiebstahls und der Sachbeschädigung und wegen Mordes fest. Wennst es genau wissen willst, nach den Paragrafen 194, 126 und 75. Und du wirst entweder fünfzehn Jahre oder überhaupt *den Frack ausfassen* und deinem Alter nach wahrscheinlich *im Häfen die Huf aufstellen*."

Und mit einem schwachen Lächeln: „Und in den Himmel wirst trotz deines Zeitungsverkaufs und des Jesus-Bildes da wahrscheinlich nicht kommen. Dein Jehova wird nämlich wegen dir *voll angfressen* sein. So, und jetzt mach dich fertig. Im Kommissariat reden wir weiter, dort kannst dann, wennst willst, ein Geständnis ablegen. Wennst nicht willst, macht das auch nichts. Dran bist sowieso."

Im *Koat* druckste Hanke zwar zuerst herum, gestand schließlich aber doch.

Anwesend waren Oberstleutnant Sporrer, die Bezirksinspektoren Dolezal und Lassinger und natürlich Trautmann.

Gustav Hanke erzählte eine fast unglaubliche Geschichte. Er machte zwar, während das Tonband lief, immer wieder Pausen, berichtete aber doch zügig, warum und wie es zu dem Ganzen gekommen war.

Das Kriminalmuseum war Hanke schon immer ein Dorn im Auge und ein Pfahl im Fleisch gewesen. Weil man dort Dinge und Personen verherrlichte, die verabscheuungswürdig und Jehova widerwärtig waren. Er hatte dagegen aber nichts unternommen, weil er nicht gewusst hatte, was er hätte dagegen tun können.

Vor einigen Monaten hatte ihn aber ein Glaubensbruder aus England besucht und unter anderem erzählt, dass es im schottischen Bannockburn zu einem Vorfall gekommen war, der die Öffentlichkeit sehr beschäftigt hatte.

Bannockburn sei ein Ort in Schottland, in dem es ein Museum gegeben habe, in dem Robert Bruce verherrlicht worden sei. Dieser Bruce sei ein verbrecherischer schottischer Aufrührer gewesen, der sich im Jahr 1306 von seinen ebenso aufrührerischen und verbrecherischen Genossen und vom blöden Volk zum König von Schottland habe ausrufen lassen und im Jahr 1314, beim kleinen Ort Bannockburn, die englische Armee und damit den rechtmäßigen König Britanniens, Eduard II., entscheidend geschlagen habe.

Das sei natürlich im Laufe der Geschichte wieder korrigiert und Schottland sei wieder ins Britische Reich eingegliedert worden. Aber die Schotten hätten trotzdem ihren Robert Bruce nach wie vor, manche sogar bis heute, für einen Heiligen gehalten und ihm ein eigenes Museum errichtet.

Das habe zwar in England Ärger erregt, sei aber, bis zum April des heurigen Jahres zähneknirschend geduldet worden. Dann habe aber ein Engländer namens James Wyatt von dieser Schande genug gehabt, habe ein paar gefüllte Benzinkanister genommen und den Schandfleck angezündet. Von dem Museum sei nichts übrig geblieben, es sei, samt seinen Exponaten, wie dem Schwert Bruces, bis auf die Grundmauern niedergebrannt. Wyatt sei gefasst und zu vielen Jahren Kerker verurteilt worden.

Diese Erzählung seines englischen Glaubensbruders habe ihn, Hanke, sehr beeindruckt und auf den Gedanken gebracht, seinerseits das Kriminalmuseum, das ja ebenfalls eine Schande war, zu vernichten.

Aber es anzuzünden, habe er als zu kompliziert und unsicher empfunden, daher habe er sich einen Kübel mit schwarzer Farbe beschafft und sei nachts in das Museum eingedrungen. Das primitive Haustorschloss mit einem Dietrich zu öffnen, sei leicht gewesen. Danach habe er sich, um keine Spuren zu hinterlassen, Wirtschaftshandschuhe aus Plastik übergezogen, die Belege der

Schande von den Wänden gerissen, dann die Wände übermalt und die Vitrinen mit ihren widerwärtigen Inhalten zu Boden geworfen.

Mehr habe er nicht machen wollen, und es sei ein Zufall gewesen, dass auf einmal der mit einer Pistole bewaffnete Hausverwalter Nowatschek aufgetaucht sei. Da sei er, Hanke, in Panik geraten, habe das aus einer der umgeworfenen Vitrinen gefallene Zackenmesser genommen und Nowatschek die Kehle durchgeschnitten.

Danach habe er mit dem Messer und den Farbgefäßen das Museum verlassen, sei durch die menschenleeren Gassen zum Donaukanal gelaufen, habe diese Dinge ins Wasser geworfen und gewartet, bis sie versunken waren.

Wieso und wodurch ihm die Polizei auf die Spur gekommen war, konnte sich Hanke nicht vorstellen.

28.

Hanke wurde, bis die Gruppe 4 und der Oberstleutnant gemeinsam das Geständnis in Form gebracht hatten und Dolezal dieses heruntergehämmert hatte, in einer Zelle festgehalten. Dann wurde er zum Unterschreiben heraufgeholt und anschließend an das Gericht ausgeliefert.

Trautmann hatte seinem Kollegen Hollndonner zwar versprochen, ihm den Täter auszuliefern und ihm den Erfolg zukommen zu lassen, das wurde aber von allen Kriminalbeamten des Kommissariats Zentrum Ost verworfen und hatte zur Folge, dass Hollndonner auf Trautmann richtig sauer war und ihn ein Arschloch nannte.

Bevor Trautmann am Abend das *Koat* verließ, rief er noch den Journalisten Göttlicher an, dem er ja zugesagt hatte, dass er, falls es einen Erfolg in der Museumsgeschichte gab, als Erster davon erfahren würde. Dann ging er ins „Marktcafé“, um sich eine kleine Herzstärkung zu gönnen.

Dabei dachte er über die Dummheit mancher Menschen nach, die gut hätten leben können, sich ihr Leben aber durch falsches, unsinniges Denken selbst zur Hölle machten. Im Grunde konnten alle Tatmotive auf dieses Denken zurückgeführt werden – und darauf, dass viele Menschen Gier, Hass und Wahn verhaftet waren. Schon der Buddha hatte ja festgestellt, dass die Menschheit wirr wie ein Garnknäuel sei und dass alles Üble und Niederziehende auf falsches Denken zurückgeführt werden könne.

Das war vor mehr als zweieinhalbtausend Jahren gewesen. Diese Erkenntnis hatte aber zu keiner Veränderung geführt und auch in Zukunft würde sich nichts ändern.

Solange die Menschen nicht wussten, dass sie Traumfiguren waren und Träumen nachjagten, würde es Mord, Totschlag, Diebstahl und Betrug geben – und Leute, die wie Hanke religiösem Irrsinn verfallen waren und glaubten, Gutes und Gottgefälliges zu tun, aber ganz gewöhnliche Verbrecher waren, die meist nicht gefasst werden konnten.

::: *ein 127er:* Paragraf 127 – betrifft verschiedene Formen des Diebstahls
::: *jmdn./etwas abgneißen:* jmdn., etwas beobachten
::: *in Abrahams Wurschtkessel (schwimmen):* vor der Geburt
::: *absitzen (Polizei):* aus dem Mannschaftswagen aussteigen
::: *auf dem Absterbens-Amen sein:* etwas wird bald zu Ende sein
::: *AFIS-Programm:* Abkürzung für Automationsunterstütztes Fingerabdruckinformationssystem; System, in dem die Fingerabdrücke aller Straftäter gespeichert sind
::: *alte Hütten:* alter Junge
::: *(voll) angfressen sein:* verärgert, verdrossen sein
::: *angsoffen wie ein Häusltschick:* sternhagelvoll sein; *Tschick* = Zigarette
::: *sich anrinnen lassen:* sich betrinken
::: *nicht in die Ärmel einegschissen haben:* Muskeln, kräftige Arme haben
::: *jmdm. den Arsch aufreißen:* jmdn. zur Rechenschaft ziehen; jmnd. hart herannehmen
::: *jmdm. am Arsch gehen:* jmdm. auf die Nerven fallen
::: *Asservat:* ein in amtliche Verwahrung genommener, für eine Gerichtsverhandlung als Beweis wichtiger Gegenstand
::: *etwas ist bei jmdm. außer Fasson:* etwas ist bei jmdm. nicht normal; sich schlecht fühlen
::: *jmnd. ausmustern:* jmd. hat seine Ausbildung beendet
::: *babbeln:* schwatzen

::: *Bankert:* derbes Wort für ungezogenes, abwertend auch uneheliches Kind

::: *auf frischer Tat (beim Anbieten an einen Freier etwa) betreten:* auf frischer Tat ertappen

::: *etwas (z. B. ein Gebiet) betreuen:* das Sagen haben

::: *Blashütten:* Lokal mit Prostituierten, so klein, dass nur Mundverkehr möglich ist

::: *Blimmelblammel:* nichtssagendes Gerede

::: *Bloßfüßige:* Angehörige einer unteren Bevölkerungsschicht bzw. untere Dienstgrade

::: *Brecher:* Einbrecher

::: *es gibt Bröseln:* es gibt Ärger

::: *Bruch:* Einbruch

::: *brunzen:* pissen

::: *Buchstaben scheißen:* etwas aufschreiben

::: *Buckel:* Leibwächter; jemand, der den *Buckel* = Rücken für jemand anderen hinhält

::: *bummzua sein:* völlig betrunken sein

::: *Burenhäutelzuhalter:* Zuhälter, dessen Prostituierten so wenig Geld einbringen, dass er v. a. an Burenwurstständen isst

::: *Christkindl:* Tollpatsch, Dussel

::: *(voll) daneben sein:* dumm, begriffsstutzig, betrunken sein

::: *Deckel:* (Gesundheits-)Ausweis

::: *demoliert im Schädel sein:* nicht ganz normal sein

::: *Dienstkokarde:* bei uniformierten Polizisten: Wappen auf der Schirmkappe; bei Kriminalbeamten: kleine emaillierte Erkennungsmarke, die an einer Kette in der Hosentasche getragen wird

::: *Dion:* s. KrimDion

::: *jmdn. einelassen:* jmdn. übertölpen

::: *EKD:* Erkennungsdienst

::: *in die Faust scheißen und lachen:* spaßige Redensart als Antwort auf die Frage: Was soll ich machen?

::: *Fisch:* Messer

::: *Flasche:* Dummkopf, ungeschickter Mensch

::: *Flieder:* Geld

::: *den Frack bekommen, ausfassen:* zu lebenslänglich verurteilt werden

::: *frank:* anständig, ehrlich, untadelig

::: *einen Fall auf Frist legen:* eine bisher ungelöste Straftat bei den unerledigten Fällen ablegen; jede Straftat hat eine bestimmte Verjährungsfrist, innerhalb welcher die Ermittlungen immer wieder aufgenommen werden können

::: *für jmdn. die Füß aufstellen:* mit jmdm. koitieren

::: *Galerie:* Unterwelt

::: *Galerist:* Gauner, Unterweltler

::: *Glasscherbeninsel:* die Brigittenau, der 20. Wiener Gemeindebezirk

::: *Gogel:* Freier

::: *Goldener Schuss:* tödliche Heroininjektion

::: *Goschen:* Mund, Mundwerk

::: *die Goschen halten:* still sein, schweigen

::: *in die Goschen hauen:* einen Schlag ins Gesicht versetzen

::: *sich die Goschen über jmdn. zerreißen:* über jmdn. herziehen

::: *Grätzl:* Teil eines Stadtviertels

::: *(Wichs-)Griffeln:* Hände; *Griffel* = Finger; *wichsen* = onanieren

::: *eine große Goschen haben:* ein Prahler und vorlaut sein
::: *vom Grund sein:* aus einem bestimmten Bezirk sein
::: *die Gurken haben:* keine Chance haben
::: *Haberer:* Mann; Freund, Bekannter, Kumpel; Geliebter
::: *Hadern:* Hit (in Bezug auf Musik)
::: *Häfen:* Gefängnis, Strafanstalt
::: *unter der Hand (machen):* heimlich
::: *sich über die Häuser hauen:* fortgehen, das Feld räumen
::: *Häusl:* Toilette
::: *aufs Häusl gehen:* bedeutet im Milieu, dass man unter vier Augen etwas miteinander zu bereden oder auszutragen hat
::: *sich an/die/alle Haxen ausreißen:* sich abmühen, sein Möglichstes tun; sich völlig verausgaben
::: *jmdn. heimdrehen:* jmdn. umbringen
::: *jmdn. hinhängen:* jmdn. bei der Polizei verraten
::: *die Hufe aufstellen:* sterben
::: *den Hut draufhauen:* aus Verärgerung, Frustration etwas aufgeben
::: *mit jmdm. od. etwas nichts am Hut haben:* mit jmdm. od. etwas nichts zu tun haben (wollen)
::: *Hütten:* Haus; Lokal
::: *IPOS-Programm:* Abkürzung für Integriertes polizeiliches Sicherheitssystem; Speicherprogramm, das noch mehr Daten als die bisherigen Systeme beinhalten soll
::: *Kiberei:* (Kriminal-)Polizei
::: *Kiberer:* Kriminalbeamter in Zivil, auch Polizist im Allgemeinen
::: *Kippa(h):* kleine, flache Kopfbedeckung der jüdischen Männer; wird während religiöser Handlungen getragen

::: *Koat:* Kommissariat

::: *Koffer:* hässliches Geschöpf

::: *KrimDion:* Kriminaldirektion

::: *(alte, schiache, aufgeblasene) Krucken/Krücken:* schwacher od. dummer od. minderwertiger Mensch

::: *linke Geschichten:* unredliche Geschäfte

::: *Lungentorpedo:* Zigarre, starke Zigarette

::: *jmdn. machen:* einen Mord begehen

::: *hin in der Marillen sein:* dumm, geistesgestört sein; *Marillen* = Kopf

::: *Mazzesinsel:* Viertel zwischen Donau und Donaukanal (im 2. und 20. Wiener Gemeindebezirk), wo bis 1938 viele Juden lebten; *mazzes:* Fladenbrot

::: *nahrhaft:* nützlich

::: *Nebbochant:* kleinkarierter Mensch, ärmlicher Mensch, Nichtskönner

::: *niederlegen:* ein Geständnis ablegen; eine Information weitergeben

::: *Nudelkopf:* Dummkopf

::: *die Pappen halten:* schweigen

::: *Partie:* Gruppe, Clique, Bande; auch größere Warenmenge

::: *einen Pascher haben:* nicht ganz normal sein

::: *die Patschen beuteln/aufstellen:* sterben; *Patschen* = Hausschuhe

::: *Pedigree:* Vorstrafenregister; Leumund

::: *Peies:* Schläfenlocken der orthodoxen Juden

::: *Pfeifenstierer:* harmloser Mensch

::: *Pfosten:* dummer Mensch

::: *Pflasterhirsch:* Polizist auf Streife, Kriminalbeamter im Außendienst

::: *Polnisches Kompott:* Heroingemisch, dessen Zusammensetzung differiert und das mal stärker, mal schwächer ist
::: *Puffen:* Schusswaffe – Revolver, Pistole
::: *etwas (z. B. sechs Monate) reißen:* eine Strafe erhalten
::: *Schammes:* Hilfskraft, Diener, Sekretär, Untergebener; Diener in einer Synagoge und Assistent des Vorstehers jüd. Gemeinden
::: *Schas (mit Quasteln):* Unsinn; *Schas* = Furz, auch: ein Nichts
::: *schlagflüssig:* schlaganfallgefährdet
::: *jmdn. schließen:* jmdm. Handschellen anlegen
::: *(ein paar Monate) Schmalz kriegen:* eine (Gefängnis-) Strafe bekommen
::: *Schneebrunzer:* kindische Person; seniler Alter
::: *Schoitl:* dummer Mensch
::: *Schtetl:* jüdisch bewohntes Stadtviertel
::: *jmdn. aus den Schuhen reißen:* jmdn. umhauen
::: *die Schwalbe machen:* sterben
::: *zwischen etwas (z. B. den Seiten) wachsen Schwammerln:* bezieht sich darauf, dass etwas, z. B. ein Bericht, zu lange dauert
::: *Schwarzer mit Schuss:* Doppelmokka mit Rum
::: *(Schnell-)Spritzer:* junger Spund; *Schnellspritzer:* eigentlich ein Mann, der vorzeitig zum Orgasmus kommt
::: *jmdm. den Stecken geben:* sich von jmdm. trennen
::: *Stinkadores:* übel riechende Zigaretten
::: *Stoß:* verbotenes Hasardspiel
::: *Stoßpartie:* Gruppe von Männern, die Stoß (s. ebd.) spielen
::: *(Prater-)Strizzi:* Zuhälter; Strolch, Taugenichts
::: *Stumpen:* kurze Zigarre

::: *Taschlzieher:* Taschendieb
::: *Tinnef:* Schund, wertloses Zeug
::: *Trachtenverein:* Sicherheitswache
::: *unkoscher:* verdächtig
::: *versudelt:* abgetragen; schmutzig
::: *Vollkoffer:* Schwachkopf
::: *Wampen:* Bauch, Wanst
::: *Wichser:* männliche Person, deren Verhaltensweise oder Meinung abgelehnt wird (Schimpfwort); jmd., der onaniert
::: *etwas (z. B. das Geldtaschel) ziehen:* etwas stehlen
::: *zocken:* spielen
::: *Zockerlokal:* Lokal, in dem um Geld gespielt wird
::: *Zores:* Ärger
::: *Zumpferl:* männliches Geschlecht (oft abwertend)
::: *Zund:* Hinweis
::: *Zundgeber:* Hinweisgeber
::: *eine gut zusammengeheizte Partie:* eine Seilschaft, eine Gruppe, deren Mitglieder gut zusammenpassen
::: *etwas (z. B. einen Bericht) zusammensudeln:* etwas oberflächlich bearbeiten, vage formulieren